高名凯译文集 1

三十岁的女人

（法）巴尔扎克 著

海峡出版发行集团 | 海峡文艺出版社
THE STRAITS PUBLISHING & DISTRIBUTING GROUP | Haixia Literature & Art Publishing House

图书在版编目(CIP)数据

高名凯译文集/(法)巴尔扎克著;高名凯译. —福州:海峡文艺出版社,2017.3
ISBN 978-7-5550-0918-4

Ⅰ.①高… Ⅱ.①巴…②高… Ⅲ.①巴尔扎克(Balzac, Honore De 1799—1850)—全集 Ⅳ.①I565.14

中国版本图书馆 CIP 数据核字(2017)第 032123 号

《高名凯译文集》为 2015 年度福建文艺发展基金资助项目

高名凯译文集

(法)巴尔扎克 著 高名凯 译

责任编辑	余明建
出版发行	海峡出版发行集团 海峡文艺出版社
经　　销	福建新华发行(集团)有限责任公司
社　　址	福州市东水路 76 号 14 层　**邮编** 350001
发 行 部	0591—87536797
印　　刷	福州德安彩色印刷有限公司　**邮编** 350008
厂　　址	福州市金山工业区浦上标准厂房 B 区 42 幢
开　　本	890 毫米×1240 毫米 1/32
字　　数	2830 千字
印　　张	118.375
版　　次	2017 年 3 月第 1 版
印　　次	2017 年 3 月第 1 次印刷
书　　号	ISBN 978-7-5550-0918-4
定　　价	398.00 元

如发现印装质量问题,请寄承印厂调换

编者的话

高名凯先生是中国著名语言学家，福建平潭人。1936 年毕业于燕京大学哲学系，后赴法国巴黎大学攻读语言学。1940 年获博士学位后回国，曾任燕京大学国文系主任，北京大学中文系教授、语言学教研室主任，中国科学院语言研究所学术委员会委员等。高名凯先生在汉语语法学研究方面卓有建树，对现代汉语的语法理论体系建设作出重大贡献。在普通语言学理论的研究方面，高名凯先生成就更大，堪称泰斗。他所著的《普通语言学》、《语言与思维》、《语言论》、《语言学概论》等影响深远，支撑着 20 世纪后五十年中国的普通语言学研究体系。特别是《语言学概论》、《普通语言学》，数十年来一直是全国重点大学中文系的必修科目，影响了一代又一代的学人。

高名凯先生的翻译工作首先与其专业有关。他翻译的瑞士语言学家索绪尔的《普通语言学教程》、前苏联语言学家契科巴瓦的《语言学中的历史主义问题》等语言学专著，即出于研究和借鉴之用。高先生之涉足文学翻译，特别是较系统地翻译介绍巴尔扎克的小说，则和其留学法国的背景有关。高译巴尔扎克小说主要在建国前后出版。由于语言学家的本身的素养，高译巴尔扎克小说向以严谨著称。正因为严谨直译，突出了学术性而影响到其通俗意义上的传播，20 世纪四五十年代高译本出版后就没有再版，逐渐退出读者视野。但高译巴尔扎克小说与以意译著称的乡贤林纾翻译的世界文学名著一道，丰富了闽派翻译的内涵。高名凯先生曾经提到自己翻译巴尔扎克小说存在的不足，并表示如有机会，将继续翻译巴尔扎克的小说。其精神值得后来者景仰。

为纪念这位卓有建树的语言学家、翻译家、福建乡贤，弘扬闽派翻译的优良传统，我社决定整理出版以巴尔扎克小说为主体的《高名凯译文集》，为巴尔扎克小说的翻译留下独特的参照文本，也为闽派翻译保留一份历史的见证。

高名凯翻译巴尔扎克小说有明显的高氏风格和特色，最明显的特征是近乎执拗的直译，这种译法在保留了巴氏语言风格的同时，也带来了许多生硬的译笔。

巴尔扎克的小说涉及政治、经济、历史、地理、文学艺术乃至自然科学的广泛领域，因此被恩格斯誉为百科全书式的作品。巴尔扎克的笔下出现了众多的人名、地名，除了历史名人外，还有很多自然科学、社会科学、文学艺术领域的专家，用典极多。在当时的条件下，作为一个术业有专攻的语言学家，高名凯并不能对世间万象都充分了解，而且当时也没有统一的译名标准，所以在一些名称的翻译上不免独树一帜。常见的想必读者容易辨识，比如货币名中的佛郎即法郎、厄古即埃居，人名中的波拿巴特即波拿巴，地名中的不列颠即法国的布列塔尼而非英国的不列颠岛，等等。至于一些偏僻的人名、地名，大家要看懂，就得借助注释和充沛系统的知识了。

在语词的使用上，高名凯也有明显的特征。比如他喜欢用“知道清楚”、“看见清楚”这类词，按现在的规范是应该倒置的，但在当时，我想高先生是把“清楚”当作补语来使用的，因此用在动词的后面。高名凯用的最多的一个词还是美焕。这是用来修饰美好的一个万能词，而非美轮美奂的略词。美轮美奂可略为轮奂，并不能略为美奂，所以，这个美焕就是美好、光鲜的意思。

在编辑时，有时候根据形容的对象改为美好、美艳、美妙，用以对应心情、贵妇的脸庞、音乐等，有时偷懒也就保留原样，请读者在阅读时注意辨识。

高名凯的翻译还有一个特点，即较好地使用了书面语包括半文言，比如《闻人高笛洒》，即比普通译名《大名鼎鼎的高笛洒》简练文雅。又如“幽雅”一词，常规用“优雅”，但“幽雅”之美似乎更甚。最后，高名凯译人名是按中文的习惯，姓在前名在后的，比如葛兰德·欧琴妮，即人尽皆知的欧也妮·葛朗台。

《高名凯译文集》最初收集到的译本是海燕书屋与上海新文艺出版社的版本，计21册26种，其中《闻人高笛洒》除单行本外，还附在《地区的才女》后出版，《朱安党》后附《沙漠里的爱情》，《无神论者做弥撒》由5个短篇构成。经过最后的审读，发现《钢巴拉》一册的内容不适合现在重版，是故删除。《闻人高笛洒》和《玛拉娜母女》属于中篇，篇幅较小，编辑时将它们和附在《朱安党》后的《沙漠里的爱情》合为一册。这样，《高名凯译文集》最终的成型为19册25种。

为保留高译本的原貌，编辑过程中基本保留了其原有句式，个别文字讹误，予以更正。原书插图及图下说明文字亦予保留，仅将《巴尔扎克评传》及巴尔扎克写作用桌椅和巴尔扎克检阅书中人物图片移至首册《三十岁的女人》。由于版本出于不同出版社，翻译也不在同一时期，编者水平有限，不足之处尚在难免，敬请专家、读者批评指正。

海峡文艺出版社编辑部

2016年11月4日

巴尔扎克评传

奥瑙利·得·巴尔扎克（Honoré de Balzac）于一七九九年生于法兰西杜尔兰省的杜尔（Tours）城。他的父亲是法兰西南方人，原籍阿尔比（Albi），是一位热情的梦想家，有写作的癖好。巴尔扎克童年的时候正逢拿破仑的军队最后的战利的时期。他自八岁起就在王多姆学校读书，读到十四岁为止。十三岁的时候就有大志，决心要当一个伟人。那时候他就写了《意志论》（Traité de la Volonté），可惜这部书的原稿被奥古尔神父（Haugoult）没收了。一八一四年，他到巴黎去，寄宿在黎毕德（Lepitre）的学舍里。十八岁得文学士的学位之后，他又到法学院去攻习法学，在维尔曼（Villemain）和古桑（Cousin）的班上听课，养成了爱好历史和法律的兴趣。巴黎颇能诱惑他，他常常在赛纳河堤岸的书摊上徘徊，到法兰西剧院去观剧。他的父亲叫他购买一个法律公证人的事务所，希望他能够赚钱享福，他却干干脆脆的拒绝，而愿意当一位著名的作家，就以克仑威尔为题材，写了一篇剧本。可是当他把这剧本念给他的父亲，他的母亲，他的妹妹罗尔（Laure）听的时候，他却发现这是一个完全的失败。他既自觉没有剧作家的才能，就马上改变方针去学斯各脱，当一位小说家。就在这个时候，他认识了柏尔尼夫人（Madame de Berny）。柏尔尼夫人甚至于都比他的母亲大上三岁。她是位有远大眼光的贵妇，她看出巴尔扎克的天才，就支持他，帮助他，忠实的爱他，一直到死的时候为止。

就在柏尔尼夫人的援助之下，巴尔扎克居然于一八二五年组织了一家印刷局。他想把莫利哀（Molière）的著作集在一起，印成一厚册，又想同样的刊印拉方登因（La Fontaine）的全集。然而这企业却使巴尔扎克损失了所有的金钱，还加上柏尔尼夫人的两万佛郎。二十九岁的年龄，他却负了七万五千的债务，他非常的失望。可是他的文学的天才却因为他和实际生活的接触和他的不如意而更加发扬光大了。他用自己的真名署名的第一篇小说《朱安党》(Les Chouans）是在福杰尔（Fougère）蓬梅勒尔(Pommereul）先生家里写成的，颇引起人们的注意。他的父亲就在这一年死去，享年八十岁。临死的时候，还没有忘记对他说："这写得不坏，但是最好是写篇关于婚姻的小说!"巴尔扎克总算是孝子，埋葬他的父亲之后，他就依照父亲的遗言，写了他的《结婚生理学》(Physiologie du Mariage)。这时候他认识雷卡美埃夫人（Madame Récamier）和夏都白里安（Chateaubriand)。这本书成功了，而他的脑中也已经有了《驴皮记》(La Peau du Chagrin)的腹稿。

巴尔扎克实在是精力过人的。他写一本书的时候，往往脑中又在构思其他的腹稿。正当他写《驴皮记》的时候，他又想出了《高里奥老伯》(Le Père Goriot）的布局。这时候他就在他的姓氏之后加上表示贵族血统的虚字"得"。他和葛丝特丽侯爵夫人（La Marquise de Castries）的一段姻缘大约就是这时候起始的。他爱她，又骂她，怨恨她，因为她总是那样的冷酷。他在杜尔的朋友马尔冈（Margonne）家里完成了他的《高里奥老伯》，然而他又短了十三万五千佛郎的债务，因为他喜欢效法纨绔子弟的步伐，大事挥霍，虽然他还免不了带有平民的习气。他非常的骄傲，赋有极大的虚荣心。就在他起草《郎柏尔·路易》(Louis Lambert)和《乡下的医生》(Médicin de Compagne) 的时候，他却不顾朋友的善意的劝告，继续的追求着小资产阶级的幻梦，奢华的贵族的生活。

这时候他正三十一岁。就在这一年，他收到“异国美人”的第一封信。这位美人所给他的影响是很大的。她是一位波兰的贵妇，韩斯迦公爵夫人 (Comtesse de Hanska)。所以，巴尔扎克实际有三个情人。他爱伯尔尼夫人，他过度的崇拜葛丝特丽侯爵夫人，他剧烈的溺爱韩斯迦夫人。他同时尽量的写作。写完《乡下的医生》之后，就已经想到《葛兰德·欧琴妮》(Eugénie Grandet) 想到《毕骆都·凯撒》(César Birotteau) 等等。他放弃了葛丝特丽夫人，到新沙特尔 (Neutchâtel) 去追寻他的新欢韩斯迦夫人。过度的工作和欢乐毁坏了他的身体，只有三十四岁的年华，他却已经肥胖而受到充血症的威胁了。他和军事当局的龃龉又增加了他的健康的低落。他是一位正统派的王党，他讨厌路易一菲力的政府，他拒绝入伍参加国防军。他就这样的被人送入监狱里，去尝铁窗的风味。他的债务又加重了。有点被他忘却的柏尔尼夫人就于此时死去。虽然他会把她不朽的影射在《幽谷百合》(Le Lys dans la Vallée) 里，然而这总是他的生活的一个难堪的棒喝。更悲惨的是冷静而敏悟的韩斯迦夫人也没有隐瞒她对他的爱情的怀疑。

不过，他无论如何总用他的超人的力量实现了他的一部分计划。他的“私人生活之场景”(Scènes de la vie privée)，“外省生活之场景”(Scènes de la vie de province)，“巴黎生活之场景”(Scènes de la vie parisienne)，“军旅生活之场景”(Scènes de la vie militaire——尚未完成，)“乡村生活之场景”(Scènes de la vie de Compagne）中所包含的小说激动了整个的十九世纪。他在思索着他的《风俗的研究》（Etudes de Moeurs），《哲学的研究》(Etudes Philosphigues)，《分析的研究》(Etudes analytiques)。为着完成这伟大的计划起见，巴尔扎克日夜不停的走笔疾书，疲倦的时候，就用大量的咖啡来提神，甚至于三天不吃一顿正式的饭。他的原稿非常的潦草，常常因为在校对的时候大加修改而引起书商的吵闹，甚至于受到罚金的处分。虽然他是这样拼命的写作，他还有闲情去建筑他的查尔地（Jardies）的房子，还和《两世界》杂志（Revuedes Deux Mondes）的主持人布洛斯（Buloz）打过官司。他又对戏剧发生第二次的兴趣，不幸他的剧本《马尔迦德》(Marcadet）却逢到敌忾的读者。他的《芜德冷》（Vautrin）出版的第二天就遭禁售，因为触犯了路易一菲力。巴尔扎克还办过《巴黎杂志》（Revue Parisienne)，可是因为赔累太多，只出三期就停刊。他曾为一个名叫柏伊特尔（Peytel）的刺客辩护过，这刺客就在他的面前上了断头台。当他的老朋友拿克加尔大夫（Nacquart）劝他休息的时候，他还倔强的说："我还得有十五年的生命来完成我的工作哩！"

这其间，他还抽暇在巴黎近郊种植一些波罗蜜，同时又写下他的《妓女的光荣和悲哀》（Spleudeuis et Misères des Courtisanes)，《乡下人》（Les paysans)，《穷困的父母》（Les parents pauvres)。他的《从妹贝特》（Cousine Bette）是于一八四六年完成的。

韩斯迦公爵死去了。韩斯迦夫人到巴黎来看她的老朋友。他也两次到波兰去回拜她。第二次去的时候，他因为积劳成疾，害了咳嗽病。他的心脏不规则的跳动。韩斯迦夫人同意请求沙皇的允许让她嫁给巴尔扎克，可惜没有成功。根据俄国的法律，贵族夫人欲要另嫁外人就得放弃她的财产，这颇使她为难。但是有一天，听见看护巴尔扎克的医生说巴尔扎克的病势已无挽救的希望，为着使他能够得到几天的最高的幸福起见，她就跟她的儿子和她的女婿商议，终于在十八年的期待之后，于一八五〇年三月十五日和巴尔扎克结婚。他们一同回到巴黎来，巴尔扎克也就在当年的八月十八日离开他的韩斯迦夫人，与世长辞了。下葬的时候，内务部长忽然问道："他是伟大的人才吗?"雨果（V. Hugo）就回答说："无妨说是伟大的天才吧!"是的，巴尔扎克是人类有历史以来的最伟大的天才之中的一个。

巴尔扎克给他自己的小说起了一个总名，叫做《人间喜剧》(Comédie Hunaine)。他在《序》里说："这庞大的计划书包括有历史的纪述，社会的批评，社会风俗的分析，社会原则的讨论，它允许我在今天出版的我的全集上起下这个名称：《人间喜剧》。"这部大著作所包含的有三部，也可以说是三幕，即上面所述的《风俗的研究》、《哲学的研究》和《分析的研究》。其中以《风俗的研究》最为重要。巴尔扎克所分的各种场景"私人生活之场景"、"外省生活之场景"、"巴黎生活之场景"、"政治生活之场景"、"军旅生活之场景"都是属于这一项的。《人间喜剧》的书名一八四一年始见于广告，一八四二年始于读者见面，但是巴尔扎克的计划却远在一八三三年。他的妹妹苏维尔夫人告诉我们当他在这一年写完《乡下的医生》之后，他很高兴的跑到她那里，对她说他的计划。当然因为生活的变迁，他的工作也不见得能够依照原来的计划进行，而他的小说也不见得刚刚好可以依照他的三分法分类，其实他的任何一篇小说都可以带有"风俗的研究"、"哲学的研究"、"分析的研究"的意味。但是总括的说，他的小说集却堪称《人间喜剧》而无愧，他实在是把人类所有的各种典型的人物都在他的小说中描写得淋漓尽致。

一般文学批评家都认为巴尔扎克是自然主义的鼻祖，但是也颇有一般人认为他是浪漫派文学家，说是他的小说的产量绝不是他的实际的生活经验所能供给材料的。这其实是冤屈了巴尔扎克。虽然巴尔扎克所写的小说非常之多，他好像不能有多少的时间去实际体验社会的实况，可是他从三十一岁起才开始他的正式的文学家的生涯。在这之前，三十年的生命总不能算是太短促，何况他是非常活动的人，非常用功的人，我们在他的小说中还可以常常看到他关于自然科学问题的解释哩。巴尔扎克确是自然主义派文学的鼻祖。他的写作多半都是由实验的观察得来的，当然观察之后并不是没有加以丝毫的想象的见解。他的观察是实地而尖刻的。他每写一部书，为着描写一个地方的风土人情起见，往往是亲身下乡去研究，或是写信询问专家。他的《朱安党》就是就地写成的。为着描写《幻灭》（Illusions perdues）中的安古莲城起见，他曾于一八三六年六月写信询问迦罗夫人（Madame Carraud）说："我愿意知道您走到桑林场去的，您的马口铁商店所在的那一条街的名字；还有，沿着桑林场和法院的那一条街的名字……还有，通至大教堂的那一座门的名字；还有……"有人说巴尔扎克的《人间喜剧》其实是法兰西的风景地理的教科书。当然有的地方是他所没有走过的，然而他也绝不凭空捏造，他总是在书本的研究之中来使他的描写正确。所以他虽然没有到过挪威，然而他对于挪威的描写却能满足挪威的读者。最有趣味的是：勒梅（T. Lemer）尝谓他曾于一八五五年在杜达克（A. Dutacq）手中看到一张巴尔扎克所绘的军事地图。这是巴尔扎克为他的《战争》(La Bataille) 所预备的实际军事地图。可惜《战争》这部书虽经巴尔扎克屡次提及，终未见其出版，不知是什么缘故。不但是地理，其他的一切科学，如化学、法律、医学、商业、银行、音乐等等，他都没有不详加研究过。他的观察而且都能够看到事物的精髓。他的描写的深刻是任何的小说家所不能及的。他还有预言的本领。他在《幻灭》中所描写的新闻界的情形，在当时看来似乎是言之过甚，然而却都成为后来的事实。这当然也是他的观察的尖锐的结果。

巴尔扎克的小说不但有实际的观察的写实的功用，而且有历史的价值。他曾在《幻灭》里借用阿尔太斯对鲁先所说的话，说到历史叙述的重要。布隆提尔（Brunetière）说："巴尔扎克的小说有极大的文献的价值。"自从一七八九年的大革命到一八四八年的革命之间，这其中的五十年的政治史和社会史，我们都可以在《人间喜剧》里看得到。他描写过这时期的大事变：朱安党的反共和运动，帝国时代的政情，布尔崩的复辟，路易—菲力的统治，这一切的史实都可以在《人间喜剧》里找得到。无怪乎，泰纳（Taine）说巴尔扎克的《人间喜剧》是十九世纪上半叶的《圣西门回忆录》(Memoires de saine—Simon)。

总之，巴尔扎克的作风是独创的，在他以前，没有人用他的方法来写小说。他和浪漫主义是相反的。虽然在他的作品之中，也有浪漫主义的色彩，例如《幽谷百合》，但是以整个的精神来说，《人间喜剧》确是自然主义的第一部典经。他是一八二〇至一八三〇年间所发生的科学思想运动的产物。大体的说，这部富有想象，富有热情，而富有观察力的巨著在文学方面实在是第一部的学者著作。巴尔扎克在相当的范围之内是一个社会道德学家，是一位历史学家，是人性智慧的自然主义者。巴尔扎克的笔调是他的天才的流露，他的描写是他的观察的果实。但是他的思想却是迪德罗（Diderot）的继承。他在《人间喜剧》中常常提到这位《百科全书》的主编人。迪德罗使他注意人类的环境的不同，使他对各种学科发生兴趣。他的《人间喜剧》也可以说是"人类生活的百科全书"。

美中不足的就是他的书中带有过分的金钱的气味。他到处提到金钱。这是他的妹妹苏维尔夫人对他所加的批评。然而，如果我们知道巴尔扎克一生和债权人的奋斗的历史，我们总可以原谅他；如果我们知道他的目的是在于描写社会的实况，如果我们承认金钱在近代社会中所生的力量，我们还要钦佩他的深刻的观察哩。

巴尔扎克的影响实在是太大了。仅就文学的范围来说，一切近代的小说都是以他的《人间喜剧》为滥觞的；没有他的话，福罗贝尔（Flaubert），龚古尔（Goncourt），都德（Daudet），左拉（Zola）等也写不出他们的作品，也说不定。这么样的一位伟大的作家总应当是我们所敬爱的。

巴尔扎克写作所用的桌椅

巴尔扎克检阅他著作中的人物

目　录

一、初年的错误

人女

一八一三年四月初旬的一个星期日早晨，天气非常的清丽，可以让巴黎人一年之中第一次看到没有泥泞的石子路，没有云雾的天空。中午之前，两匹悍马驾驶的一辆豪华的双轮轻车由卡斯迪格里昂街转入李芜里街，停留在靠近万叶台中央所新开辟的铁栅停放的许多华丽马车的后面。这辆轻捷的马车是由一个外表多愁多病的男子驾驭的；斑白的头发好不容易才遮住了他的灰黄的脑盖，使他显得未老先衰。他把缰绳递给跟在车后的马上仆从，下来拥抱一个娇小玲珑的少女，少女的美丽引起了台上散步的闲人的注意。年幼的少女站在车辕上，和悦的让人家搂住她的腰，伸出手臂抱住她的向导的颈头，他也就把她扶上行人道，没有揉皱她的绿色袍的装饰物。一个情人也不会这样细心的照应。这位陌生人应当是这女孩子的父亲，少女没有对他道谢，就亲热的挽住他的手臂，急忙忙的带他走进了御花园。老父亲注意到几个年青人的惊叹羡慕的眼色，他的脸上的忧愁痕迹也就消失了一会儿。虽然他早已到达了男子们喜欢虚荣的年纪，他却仍然微微的一笑。

“人家还以为你是我的妻子哩。”他朝着少女的耳朵说，再立直，慢步的走，缓慢的程度甚至于使她失望。

他好像很喜欢女儿的娇艳似的，他都比她自己更快乐的享受好奇的人众朝着这双穿在深褐色半节靴里的细脚、朝着白布袍所表现的幽雅的纤腰、朝着绣花的领饰没有能够完全遮蔽的鲜艳的颈项所投射来的瞟视。步伐的动作不时不时的推开了少女的袍子，让人家在半节靴上看到一双巧妙搭配光润丝袜的圆腿。

许多游人都从这一对男女前面走了过去，来欣赏、来重新细察这张年青的脸孔。脸孔的周围垂着棕色的发辫、一顶女帽的红绸里的反光和她的一切脸纹所表露的欲望跟急躁，都使这脸孔更显得又白又红。一道温和的狡猾使一双融化在杏仁色眼白里的美丽黑眸子更有生气，仿佛在一道清泉里浮游似的眼睛上面覆有一副弯曲的眉毛，周边生着悠长的睫毛。生命和青春都把他们的宝藏堆积在这活泼的脸孔上、还很温柔的胸脯上，虽然那时候少女的胸下扎有一条腰带。

少女对所有的敬礼都毫无感觉，她用急躁的态度瞧着杜伊勒利宫，这无疑的就是她的轻率散步的目标。这时候已经十一点三刻了。虽然还是早晨，许多想要显耀服装的女人都从宫里走出，用赌气的神色转过头来，好像懊悔太晚来观看她们所希望看到的一个戏景似的。这些失望的女游客嘴里发出几句恶意的幽默，飞到陌生美女的耳里来，使她非常的忧愁。老年人用好奇的目光，不是嘲弄的眼色，来侦察他的伴侣的美轮美奂的脸孔上所有的烦躁恐惧的记号。他太细心的观察她，他不至于没有做父亲的人的顾虑。

这一天是一八一三年的第三个星期日。过后第三天，就是拿破仑出发进行莱比锡会战的日子，这一场会战使他先后牺牲了柏希埃尔[①]和杜洛克[②]，攻克了卢松和保松，发现了奥地利、撒克逊人、巴维埃尔人和柏尔拿多特的反叛而苦战于莱比锡。皇帝主持的盛大阅兵典礼应当是久已引起巴黎人和外国人的叹慕的最后一次阅兵式。老练的禁卫军就要举行最后一次的神妙操演，队伍的雄伟和操演的准确有的时候甚至于都使这个要跟全欧洲抗战的巨人本身感到惊愕。悲愁的情绪激发好奇的民众到杜伊利来。每一个人好像都猜到了未来的结果，也许也都预先感觉到了当日法兰西的英式日子就要像现在似的染上了玄虚的色调。不止一次了，我们的幻想都需要重新描绘。

“咱们走快点儿吧，爸爸!”少女用戏弄的神气，催促老人说，“我听见打鼓的声音了。”

“这是开进杜伊勒利的军队。”他回答说。

“也许是排队游行哩，……大家都回去了。”她用儿童的苦涩的态度答辩说，老年人听了不禁微微一笑。

“十二点半才开始阅兵哩。”父亲说，他几乎都赶不上急性的女儿，落在她后面走路。

看了她的右臂的动作，您一定要说她拼命的企图奔跑。她的小手戴上整齐的手套，不耐烦的捏紧一条手绢，好像拿住船桨似的。老年人时不时的微笑，但是有的时候多虑的表情也使他的干枯的脸孔暂时呈现出愁容。他爱护美丽的女儿，这使他同样的崇拜现在、恐惧将来。他像对自己说：“她今天很快乐，她永远都要这样吗?”因为老年人都有一种倾向，要用他们的悲哀去沾染年青

---

① Messières (Jean · Baptiste) 是法兰西的元帅，拿破仑的名将，战死于卢松 (Lutzen)。

② Duroc (Géraud-Christophe-Miciel，也是法兰西的元帅，拿破仑的心腹，战死于保松 (Bautzen)。

人的将来。

一面三色旗在一座大楼顶上飘扬，人们就是穿过这大楼来来往往的游历于杜伊勒利花园和阅兵场。父女两个人走到这大楼的回乡列柱下面时，官员们就用严厉的口气对他们喊道：

“不许再走！”

儿童翘着脚尖高瞻，她居然看得见一群装束入时的妇女塞满了皇帝应当从中出来的老旧云母石穹隆的两边。

“爸爸，咱们来晚了！”

悲愤的小嘴唇证明她对这一次的阅兵很重视。

“好吧，珠丽，咱们走吧，你不愿意让人家挤着。”

“咱们还是留在这儿吧，爸爸。我还可以从这里看见皇上呢；要是他这一次打仗驾崩了的话，我就永远也看不见他了。”

听到这自私的口气，父亲不禁战栗起来；女儿的声音里甚至于都含有热泪；他瞧了她一眼，觉得在她那低垂的眼皮下看到了一些眼泪，不是忧愁，而是老人容易揣测的少女的初期的悲哀。突然间，珠丽涨红了脸，发出了一声哨兵和老父亲都不明白的叹息。听了这个喊叫，一个从院子里朝着楼梯跑去的军官就立刻转过身来，一直走到花园的穹隆这边来，找了一会儿才认出这少女，因为她让卫兵的粗呢帽遮住了。军官立刻为她和她的父亲取消了自己所颁发的禁令；然后，他就把快乐的儿童温和的拉到身边，毫不顾忌围绕穹隆的漂亮的一群如何发出怨声。

“原来今天是你值班，怪不得她这样的生气、这样的忙。”老年人又严肃又诙谐的对军官说。

“先生，”年青人回答说，“要是你们想站个好地方的话，咱们就别说笑话了。皇上不喜欢老等我，我奉大元帅的命令，有事情要去通知他。”

他一边走，一边亲昵的挽着珠丽的手臂，急急忙忙的领她朝着阅兵场走去。珠丽看见众人在皇宫的灰墙和杜伊勒利院子中央那一块用铁链将界石四周围起的小空地里挤着，不禁惊愕起来。哨兵搭好的让皇帝和他的参谋有个通路的绳子都不容易避免这蜂拥一般的人群的猛烈冲撞。

“这一定很美吧?”珠丽微笑的问。

“小心呀!”军官喊道。

他抱住了少女的腰，又猛又快的把她举了起来，让她站在一根圆柱的旁边。要是不这样突然的举起了她，他的好奇的亲戚就会被一匹配搭绿黄色马鞍的白马的屁股碰伤了。这匹马的龙头是由拿破仑的孟路克骑士[①]拉在手里的。这匹马几乎走到了穹隆的下

① 孟路克骑士（Mameluck）是曾经统治过埃及的孟路克民族而由拿破仑编为军队的骑士。孟路克民族本来是土耳其和埃及两族所混合的一个奴隶民族。

面，也就是在许多等候皇帝随从的高级军官所骑的马匹后面十步路之处。年青人把父女两个人安置在右边第一个界石附近的人群前面，用一个头势把他们托付给站在他们两边的两个老卫兵。

军官重新回到皇宫里去的时候，快乐幸福的气色就在他的脸孔上替代了白马的退避给他印上的突然恐惧的痕迹；珠丽曾经神秘的拉紧他的手，也许是答谢他对她的小帮忙，也许是要对他说："我毕竟能够看你去了！"她甚至于向他温和的点头，以回答他忙着走开之前对他们俩所致以的敬礼。老年人好像故意要让这两位年青男女在一起似的，他在女儿后面一些地方严肃的站着；但是他却偷偷的侦察她，他装作聚精会神观看阅兵场的盛况的样子，设法让她以为他毫不在意。珠丽给她的父亲投去一道害怕老师的小学生一般的眼色时，老年人甚至于都用一个表示欢迎的快乐的微笑来回答；但是他的刺人的眼睛却跟着军官一直看到穹隆下面去，这快速闪现的任何一个情景都没有瞒过他。

"这景象太美了！"珠丽握紧父亲的手，低声说。

这时刻，阅兵场所呈现的壮丽如画的情景使万千张口惊叹的观众发出欢呼。另外一群跟父女两人同样急迫想观看阅兵的人群就占住了和皇宫相平行的那条线，沿着阅兵场铁栅的一块铺石子的狭窄的空地站着。这一群人用各种各样的妇女装饰，给杜伊勒利的许多建筑物和这新立的铁栅所形成的长方形画出了轮廓。

准备检阅的老练禁卫军布满了皇宫对面的大空场，呈现出十排深蓝色的行列，令人瞩目。圈地外边和阅兵场里头的其他平行线上，又有许多炮兵和骑兵的队伍等着要在铁栅中央的得胜门下操演，那时代人家可以在这得胜门顶上看到许多雄壮的威尼斯马像。卢浮宫回廊下的军乐队被持矛的波斯骑兵掩蔽了。方形沙场的大部分地方都是空着的，好像是给这些排列成行的缄默队伍所预备的战场似的。万千刺刀的尖锋反射着阳光。吹动军帽饰羽的空气使这些羽毛发出荡漾的浪纹，好像暴风吹动树林似的。沉默光耀的军队呈现出因为制服、袖饰、武器和佩带的颜色不同而生出的万千对比。这庞大的图画、这交锋之前的战场的缩影和一切奇怪的附件，都很有诗意的给崇高庄严的建筑物加以装饰。建筑物的站立不动的性格，好像都做了军官和士卒的模范。观众不由自主的拿这些人墙来比拟石墙。

春天的太阳浪费光热，射落在前一天才建筑好的白色墙和经历百年的旧墙之上，充分的照耀着这些描写已往的险象、等待将来的危机的深灰色的脸孔。只有每一联队的上校走到这些英雄所组成的队伍前面来。在这些杂着白银色、蓝色、紫色、黄金色的队伍后面，好奇的观众可以看到系在六个不知疲倦的波斯骑士的矛子上端的小三色旗；这些骑士就像引导牛群沿着田亩走路的家狗似的，在队伍和观众之间不断的飞驰，去阻止观众越过皇家铁栅附近所允许给他们的小空地。细细的观察这些动作，人家一定会相信自己是在林中长睡的美女①的宫殿里。春天的和风吹过卫兵的长毛帽，证明了兵士的坚毅不动，正如群众赞叹他们的缄默似的。有的时候，只有中国式帽子的响声或无意中在大鼓上打击而被皇宫的回音反射出来的微弱的声息有点像暴风雨从远处传来的雷鸣。

一种无从描写的热情在人群的等待里兴奋着，法兰西要在任何公民都预先看到危险的战役的前夜跟拿破仑告别。这一次是法兰西帝国还能不能够存在的问题。这种思想好像激动了市民和那些拥塞在飘扬拿破仑的鹰旗和他的才智的园地中间的缄默的武装

① 林中长睡的美女是法国民间故事《林中睡美人》中的公主（Charles Prrault)。作品叙述某一公主受罚在林中长睡一百年，醒来后与某王子结婚并生育清晨与白昼二子的故事。

民众。这些兵士，这法兰西的希望，这些兵士，他们的最后一滴血，他们也引起了好奇的观众的忧虑。在观众和军人之间，也许已经说了一句永远的告别；但是一切的心灵，甚至于最反对皇帝的人，都向上天热烈的祝愿祖国的光荣。自从欧洲和法兰西斗争以来就疲于奔命的辛劳的人众在走过得胜门底下的时候，都把他们的怨恨放下，因为他们懂得：危急的日子，拿破仑就是整个的法兰西。皇宫的钟楼打了十二点半的声号，这时候，人众停止拥挤了。岑寂变成深刻的，人家甚至于都听到一个儿童的说话声。好像只有眼睛还活着的老年人和他的女儿，那时候都听得清楚在皇宫的响亮的回廊列柱下荡漾的一响刺马距的声音和刀剑的响声。

一个相当肥胖的矮个子忽然出现了，他穿一件绿色的制服、一条白色裤、一双马靴，头上戴一顶跟他一样威严的三角帽，胸前飘扬着一条光荣勋绩会的红阔带，腰边挂着一把小小的指挥刀。这是从广场的所有角落里投来的所有眼睛都能看到的“人物”。一会儿，军鼓在演武场里打响着，两个军乐队的乐器，从最温和的笛子起到最粗暴的大鼓止，都周而复始的演奏一支尚武精神的乐曲，听了这英武的呼召，所有的灵魂都发抖着，旌旗发出行礼的信号，阅兵场里的兵士，自第一排起到最后一排止，都用齐整的动作举枪。口令好像回音似的一排一排的传布着。热情的人群高呼“皇上万岁!”。总之，一切都战栗着，一切都动荡着，一切都沸腾着。拿破仑骑上了马。这动作给缄默的队伍注上生命，给乐器输上声音，给鹰旗灌上兴奋，给所有的脸孔加上感情。这老宫殿的回廊的墙也好像在高呼“皇帝万岁!”。这不是人间的景象，而是一种魔术、一种神力的幻影，或说得更对一点儿，是这暂时的统治的昙花一现的影象。太阳都为这个人物驱散天上的云霞，这个受所有的爱情、所有的热望、所有的忠诚、所有的祝愿所包围的人物，他坐在马上，停在追随其后的小金龙骑兵队之前三步路，左边是大元帅，右边是副帅。在他所引起的这些激动的情感之中，他的脸孔却没有显露任何一条感动的脸纹。

“噢！上帝，是的。在瓦格兰姆的炮火里，在莫斯科的死尸里，他总是这样跟名伶巴布提斯特一样的镇静，他！”

这句话是一个站在少女附近的卫兵对许多的询问所加的回答。珠丽注视了一会儿这个表现极为安详镇静的脸孔。皇帝看见了查提恩纳小姐，就转过头来，朝着杜罗克，说了一句使大元帅微笑的简短的话。军队开始操演了。如果到此刻为止年青少女总是轮流注意拿破仑的不可侵犯的脸孔和蓝色、绿色、红色的队伍的话，这时候她却几乎只在这些老兵士的快速齐整的动作里注意到一位在转动行列之间骑马驰聘且毫无倦容的年青军官。这年青军官这时正回到拿破仑面前显耀的队伍这边来。

这位军官骑着一匹黑色的骏马，皇帝传令官的天蓝色制服使他在这装饰入时的人群中显得更为出类拔萃。他的绣饰在阳光之下这样的发亮，他的军帽的狭长的鸟冠这样的收集强烈的光线，观众们甚至于都会拿他来比拟磷火，把他比作皇帝派来指挥这些军队的看得见的灵魂；这些军队的飘扬的武器在他的眼色调动之下集中，宛如深渊的波浪一样旋转，或者像冲击海岸的惊天怒涛一般的从他的前面跑过，射出火焰。

操演完毕，传令官就放松了龙头，急速跑到皇帝前面，听候命令。这时候，他离珠丽不过二十步路，站在皇帝一群人的对面，他的姿势很像热拉尔在《奥斯特尔里慈战图》中的拉将军的姿势。他让少女去崇拜全副戎装的她的情人。戴格曼·维克多尔上校年纪仅及三十岁，他是高大、强壮、轻盈的；当他像揉绉他身下的骏马似的制服一匹肩背柔软缥致的骏马时，他的身姿的各部分的配合实在是最完美的，那棕色的魁梧的脸孔有一种不可解释的蛊惑力，是齐整的脸纹给年青人的面貌所灌输的。他的额头又高又阔。火一般的眼睛躲在浓厚的眉毛和悠长的睫毛里，好像是两条黑线中间所画的白色半卵形。他的鼻子呈出一只鹰嘴的幽雅的曲线。嘴唇的紫色因为不能没有的黑色髭须的线条而更加明显。宽阔而有光泽的双颊呈出棕黄的色调，显得他有一种特殊的健康。他的脸孔是由“勇神”给加上烙印的，是现今想要绘画帝政时代的法兰西英雄的艺术家所寻见的典型。骏马满身流汗，激动的头表现出它的极度的烦躁。它的两双前足分开停蹄在同一条线上，彼此无先无后，摇摆着丰厚的悠长的尾毛，它的忠诚正是它的主人对于皇上的忠诚的图像。珠丽看见她的情人这样忙于注意拿破仑的眼色，她甚至于都生出妒忌之心，想到他还没有看她。

忽然间，皇上说出了一句话，维克多尔就夹紧马腹，奔驰而去；但是一块界石射在沙上的黑影惊动了牲口，马吓了一跳，退了回去，突然的站住，骑士甚至于都像有危险。珠丽惊叫一声，她的脸色发白了；每一个人都好奇的看她，她却没有看见任何的人；她的眼睛盯着这匹受到军官的责罚再跑去传播拿破仑命令的凶猛的骏马。

这些惊人的景象整个的吸引了珠丽，她都不由自主的抓起了她的父亲的手臂，她的指头的紧压无意中表露出她的思想。当维克多尔几乎翻下马来的时候，她也更强烈的勾住她的父亲，好像她自己也有翻倒的危险似的。

老年人悲愁的瞧着女儿的喜悦的脸孔，怜惜的情绪、妒忌的心情，甚至于抱憾的意态都滑进了紧缩的皱纹。可是，当珠丽的眼睛反常的发出火焰，刚吐出惊叫声，她的手指的痉挛给他完全揭开一个确凿的秘密的爱情时，他对她的前途就有了悲楚的预见，因为他的脸孔呈现出一种悲戚的表情。

这时候，珠丽的灵魂好像离了身体附在军官的灵魂上面似的。老年人看见戴格曼走过他们面前对珠丽送来一个秋波，而珠丽也眼汪汪的收缩着非常奋激的面容时，一个比所有的思想都更使老年人惊惧的念头就叫他的苦脸抽起筋来。他赶紧接着他的女儿到杜伊勒利花园里去。

“可是，爸爸，”她说，“阅兵场里是有军队要操演哩。”

“没有，孩子，所有的车队都排列成队了。”

“我想您弄错啦，爸爸，戴格曼先生应当会叫他们开步走的……”

“可是，女儿，我有点不舒服，我不愿意再逗留在这里。”

珠丽朝着父亲的脸孔看云的时候，父亲的忧愁使他显出一种萎靡的神色，所以，她也就不难相信她父亲的话了。

“您非常不舒服吗？”她不大在意的问，因为她心不在焉。

“活一天难道不就是给我一个恩典吗？”老年人回答说。

“您还要跟我说到您的死来让我愁苦吗？我现在太快乐了！请您驱走您那黯淡的坏念头！”

“啊！”父亲叹了一口气，说，“你这小蹄子！最好的心肠有的时候是最残酷的。我们为您而奉献了我们的生命，只想到您，为您准备您的幸福，为您的幻想而牺牲了我们的趣味，崇拜您，甚至于拿我们的血献给你，这难道是毫无意义的吗？唉！是的，您都是糊里糊涂的接收一切。如果我们要得到您的微笑和傲慢的爱情的话，我们都得有上帝的力量。然而后来却来了另外一个人！一个情人、一个丈夫都会比我们更使您快乐。”

惊惧的珠丽瞧着她的父亲；老年人慢步走路，给她投去没有光泽的眼色。

“您瞒我们，”他接着说，“也许也瞒着您自己……”

“您说什么呀，爸爸？”

“我想，珠丽，您有瞒着我的秘密。——你恋爱，”老年人看见女儿红了脸，就奋激的接着说，“啊！我希望看见你对你的老父亲一直忠实到他死的日子为止，我希望你能够快乐、光彩照人的留在我身边！让我像从前一样的崇拜你。不知道你的命运的时候，我能够相信你有一个平静的前途；但是，现在，我却不能够希望你有一个幸福的生活，因为你比爱你的表哥还要爱这个上校。我没有法子疑惑这桩事儿。”

“为什么禁止我恋爱呢？”她非常好奇的嚷着。

“啊！我的珠丽，你永远也不会懂得我。”父亲叹一口气，回答说。

“您尽管说吧。”她接着说，露出一个倔强的动作。

“好吧，孩子，听我说。年青的女人往往都会自己创造出高贵悦人的脸孔、理想的容貌，而对男人、情感、社会虚构许多奇怪的念头；然后，她们就天真的给她们所梦想的完美加上一种性格，信任他；她们就在她们所选择的男人身上爱恋这种虚幻的创造；但是，后来，当她们没有时间去摆脱苦痛的时候，她们所创造的虚幻的美丽的外表，她们的第一个偶像就变成了一个可恨的骷髅了。珠丽，我更愿意看见你爱上一个老年人，不愿意看见你看上一个上校。啊！要是你设身处地想到你十年后的生活，你就可以证明我的经验。我认得维克多尔：他的快乐是一种没有精神的快乐、兵营的快乐，他是没有天才的消耗者。他是上天特别创造来每天吃四顿饭、睡觉、喜欢任何女人、喜欢打仗的男子。他不懂得什么是生活。他的好心肠，因为他有一个好心肠，也许会教他拿钱送给一个不幸的人、送给一个同伴；但是他是糊里糊涂的，他没有叫我们为女人的幸福而当奴隶的细腻的心肠；但是他是无知无识的，他是自私的……还有很多不好的地方。”

“可是，爸爸，他总得有些聪明和手段才能够当上校啊……”

“好孩子，维克多尔要一辈子当上校。我还没有看出有什么人配得上你。”老父亲用一种同情的态度接着说。

他歇了一会儿，瞧着他的女儿，又说：

“可是，可怜的珠丽，你还太年青、太柔软、太脆弱去忍受婚姻的悲哀和烦恼哩。戴格曼让他的父母娇养惯了，就像你母亲跟我娇养惯了你似的。你们怎么能够希望拿不可和解的不同的意志互相了解呢？你不是变成他的暴君，就得变成他的牺牲品。无论哪一个结果，都要给你带来同样数量的女人的不幸生活。但是你是温和谦让的，你一定是第一个先屈服的。总之，”他用变化了的声音说，“你的温雅情绪一定要受到他的误解，那么……”

他的眼泪阻止他说完这段话。

“维克多尔会伤害你的年青灵魂的天真的性情。我认识军官的脾气，珠丽；我曾经在军队里生活过。这些人的心很少能够克服他们的不幸生活或是他们的冒险生活所养成的习惯。”

“爸爸，”珠丽用介于严肃与嘲弄之间的口气答辩说，“您难道要伤害我的情绪吗？您难道要为您，不为我而嫁我吗？

“为我而嫁你!”父亲用惊愕的动作喊道，“为你这个你不久就听不见好意斥骂你的声音的老父亲！我的女儿。我总看见孩子们把父母给他们做下的牺牲认为是自私的情绪！你就嫁给维克多尔好了，珠丽。有一天，你总会懊恨他的空虚、他的杂乱、他的自私、他的粗心、他在爱情方面的愚笨和其他由他给你带来的成千的悲哀。那时候，请你记住：在这几棵树下，你老父亲的预言曾经在你的耳朵里响亮过!”

老年人缄默了，这使倔强摇头的女儿惊讶。两个人都朝着停车的铁栅走前几步路。缄默走路的时候，少女偷偷的研究父亲的脸孔，渐渐的消除了她的赌气的面容。父亲低头望地的额头所铭刻的深长的苦痛给她一个剧烈的印象。

“爸爸，”她用温和而变化了的声音说，“我答应在您没有消除您反对维克多尔的成见之前不再跟您谈到他。”

老年人惊异的瞧着他的女儿。眼里流转的两点泪珠沿着他的皱颊落了下来。他不能够在围绕他们的群众之前亲吻珠丽，但是他却温和的握住她的手。当他上车的时候，一切堆积在他额头上的愁云也就消散了。

珠丽那略具悲哀的态度并不如参观阅兵时她向他泄露的秘密天真的快乐那样的使他忧愁。

人 妇

这一次是皇帝举行阅兵典礼之后差不多一年的光景，一八一四年五月初旬，一辆四轮车在安布瓦斯到杜尔的大路上转动着。离开弗里利埃尔邮站上面的胡桃树绿蓬之后，这辆马车就用特别的速度一会儿就到达了西斯河流入罗瓦尔河的河口上所建筑的桥且停止了。一条皮带刚刚因为一个年青的驭夫受到主人的命令鞭笞四匹雄壮的驿马所生的急剧的动作而破裂了。所以，车厢里两位醒来的乘客也就偶然有机会有闲情来欣赏罗瓦尔河两岸所呈现的迷人的风景。

旅客在罗瓦尔河右边饱览了西斯河蜿蜒的水流。河水好像银色的长蛇似的在草地里流转，春天的嫩芽使草地生出碧玉一般的颜色。

罗瓦尔河在左边显露出它的美轮美奂的景象。清晨的凉风所吹动的无数水镜在这一条壮丽的河水的广阔的水帘上反映着太阳的闪光。这里那里，一些碧绿的岛屿接连的布置在水中，就像嵌在一条颈链上的宝石。河边上，杜尔兰那最美丽的田野一直舒展他的宝库到目力所能及的地方为止。举目望眺，只能够看到哲尔山岭的界域，这时刻山峰就在透明的蓝天上透出光亮的线条，穿过岛屿的细嫩的树叶，呈现在图像的背景上，杜尔兰就跟威尼斯一样，好像是从水里露出头来似的。大教堂的钟楼突入天际，和幻化的白云所结成的各种形状混合在一起。

马车停留的桥的那一边，旅客看见在他前面，沿着罗瓦尔河一直到杜尔，有一带岩石，好像是大自然有意安放在那里来框定这条河似的，河流不断的损伤岩石——这是总使旅客惊异的景象。芜匆利村好像是隐匿在山峡和颠覆的岩石里面似的，这些岩石就在西斯桥前面凑成一个突角。自芜匆利一直到杜尔，这破碎山岭的凹凸的地带都住着种植葡萄的居民。许多地方都顺着岩石的走向凿出三层高的楼房，每层之间又都凿出石阶来连接各房屋。一个穿红裙的少女就从一个屋顶上跑到她的园里去。一个烟囱的浓烟就在一块葡萄园的葡萄蔓和新生的嫩叶之间冒着。种植葡萄的农夫们就在垂直的田野里耕种。一个女人静坐在倾斜的石堆上，在一棵杏树的花丛下转动她的纺车，笑着看旅客们恐惧的从她的脚下走过。她既不害怕土地的裂隙，也不忧愁只由长春藤的树根来支持的一堵旧墙的崩坍。制桶匠的铁钟使悬空的洞穴的穹隆回响。到处的土地都经过人们的耕种，到处的土地都是丰沃的，大自然拒绝土地去发展人类的工业。

所以，在罗瓦尔河流域，任何地方都比不上这时候旅客眼里所看到的杜尔兰的丰富的景象。这景象有双重的图画效果，它的视觉效果，好不容易才能够产生出来，它可以给魂灵贡献永远铭刻在回忆里的景色；一个诗人欣赏这风景的时候，他的梦幻往往会来给他虚构这风景的浪漫的效果。

车辆到达西斯桥的时候，许多白色的船帆就在罗瓦尔河的岛屿之间飘扬，给这柔和的景物再加上一层柔和的色泽。沿岸柳树的气味也给潮湿的凉风加上扑鼻的馨香，飞鸟让人家听到它们的冗长的音乐，牧羊人的单调的歌唱声奏出了一种哀怨的曲调，舟夫的喊叫也宣告了远处的激动。袅袅围绕在这广阔野景的浓厚树林边的柔和的烟云也给它印上了最后的幽雅。这是全盛的杜尔兰，这是明媚的春光。

这一带是外国军队从来没有蹂躏过的法兰西的一部分领土，这时候它是唯一安静的地方，我们可以说，它是冒犯侵略的。

车轮不能再转动的时候，一个戴着一顶警察帽的脑袋就探出车外来；一会儿，一个急躁的军人也就亲手打开了车帘，跳上大路，好像要跟驭夫吵闹似的。这位杜尔兰人拿来修理破皮带的智慧使戴格曼伯爵上校放心，于是上校又回到车帘这边来，伸一伸手臂，好像要舒展一下昏睡的肌肉似的。他打了一个呵欠，瞧了瞧山景，把手放在一个穿毛大衣的少妇的手臂上。

“瞧，小姑娘，”他用沙哑的声音对她说，“你醒来看看这风景吧，它太美啦!”

戴格曼·珠丽伸头探出车外。她头上围着一条貂皮，毛大衣包裹了她的身体，人家只能够看到她的脸孔。戴格曼·珠丽已经不是当年跑到杜伊勒利去观看阅兵典礼的快乐少女了。她的容貌虽然总是精致的，然而却没有了当日那样的桃红的颜色。几根因为夜间的湿气而散开的发环使她的脑袋更为空白且麻木不仁。不过，她的眼睛还发出超自然的火焰，在她的眼睫毛下也有一些紫红的颜色显露在她的疲惫的双颊上。她心不在焉的瞧了瞧杜尔兰的田野、罗瓦尔河的岛屿、杜尔兰和芜匆利的悠长的岩石一眼；然后，好像懒得去观看西斯的悦人的山谷似的，她又重新靠在车厢里，用显得非常脆弱的声音说：

“是呀，这很美。”

人家可以看得出来，她已经不幸的战胜了她的父亲。

“珠丽，你不愿意生活在这里吗?”

“噢！这里或是其他任何的地方都是一样的。”她毫不在意的回答。

“你生病了吗?”戴格曼上校问。

“没有!”少妇用暂时的活泼态度回答。

她微笑的瞧着她的丈夫，加上一句话：

“我想睡觉。”

突然间，一匹飞骑的蹄声荡漾着，戴格曼·维克多尔放下了妻子的手，转过头，朝着大路在这里形成的突角瞧去。上校看不见珠丽的时候，她给他的苍白的脸上加印的快乐的表情也就失踪了，好像什么光线停止来照耀他似的。她既没有重新观看山景的欲望，也没有探知这样飞驰的骑士是谁的好奇心，就重新坐在车角里，眼睛盯住马匹的臀部，没有漏泄任何的情绪。她的态度就像倾听牧师讲道的不列颠农夫。

一个年青人骑在一匹壮马的背上，忽然走出了白杨树和盛开花朵的山楂树的小林。

“这是个英吉利人。”上校说。

“噢！好家伙，是的，将军。”驭夫答辩说，“他是人家说要来吃掉法兰西的‘少年’① 的一族人。”

陌生人是拿破仑报复圣詹姆士内阁取消《阿米恩条约》来杀害人权的阴谋而扣留一切英吉利人的时候还在大陆旅行的客人之中的一个。这些囚犯屈服在皇帝的偏情之下，他们并不都留在被捕的房子里，也并不都住在他们先前自由选择的寓所里。这时期居住在杜尔兰的大部分英吉利人都是从帝国各角落移居到这里来的，因为他们的居留好像会损害大陆的政治利益。

这时候，清晨消愁出游的年青俘虏是衙门力量的一个牺牲品。两年以来，外交部的命令已经给他夺去了芒柏里埃的气候；当日和平破裂的消息惊动了他的时候，他正在那里寻觅疗治肺病的方法。这个年青人认得戴格曼伯爵，知道戴格曼是个军官，就赶忙避开伯爵的视线，突然转过头，朝着西斯草地瞧去。

“这些英吉利人未免都太傲慢了，好像整个地球都是他们所有的似的，”上校喃喃的说，“幸亏梭尔②要让他们挨几下鞭打。”

① 参阅巴尔扎克的另一篇小说《朱安党》。

② Soult（Nicolas Jean-de-Dieu）是法兰西元帅、拿破仑的名将，但复辟时又参加王室，为路易·腓力浦的战事部部长。

囚犯走过马车前面的时候，他就朝着车里投去一道眼色。无论这一瞥眼是如何的短促，但却能够显示出他对沉思的伯爵夫人的敬慕，不过那表情却是那难以形容的悲哀。许多男人的心肠都可以因为女人表现一次她的苦痛就受到感动：在他们看来，苦痛似乎就是坚贞和爱情的保证。

珠丽的注意力整个的集中在车厢的坐褥上，她既没有注意到马，也没有注意到马上的骑士。皮带很快修理结实了。伯爵也重新登车了。驭夫努力追回失去了的时间，快速带两位旅客到周围都是悬空岩石的那一段堤岸去。这些岩石中间成熟着芜匆利的葡萄，呈现出许多美丽的房舍，远远的露出圣马丁的隐庐，这是著名的马尔莫提埃修道院。

“这个一身明亮的英吉利贵族要对我们怎样啦?”上校一边嚷，一边转过头来要看看清楚这个自西斯桥起就一直跟在他车后的骑士到底是不是英吉利的青年。

因为陌生人在堤岸的狭路上驰骋，没有破坏任何礼仪，上校给这位英利人投去一道刺人的眼色之后，也就回来坐在车角里了。但是，无论他如何不由自主的怀恨，他也不能够没有注意到这匹马的美丽和骑士的风雅。

年青人颜面细嫩，皮肤洁白柔软，甚至都会让人误会那是少女的细致的身躯配了一副大不列颠的容貌。他的头发是金栗色的，个子又瘦又高。他的服装有浮华的英吉利时尚所有的珍贵清洁性质。人家可以说他看见了伯爵夫人是因为贞操的观念而脸红，不是因为他的快乐。珠丽亦举目瞻望外国人一次，但这却是在她的丈夫的逼迫之下，因为上校要她欣赏这一匹纯种骏马的腿。

珠丽的眼睛于是就碰到了怯懦的英吉利青年的眼睛。自从这时候起，英吉利绅士不让他的马在车子附近驰奔，而在几步路后面跟随着。伯爵夫人看不清楚这个陌生人。她没有看到任何特别完美的人性和马性，她轻轻的动了一下眉毛来赞同丈夫的意见之后，又重新投身到车厢里去。

上校又熟睡了，夫妇两个人一句话也没有说的到达了杜尔，旅途中的变幻的景色所有的迷人的风景甚至于都没有一次引起珠丽的注意。丈夫睡觉的时候，戴格曼夫人瞧了他好几次。最后一次给他投去一道眼色的时候，车的颠动使得悬挂在她颈项上的一只牌子落到她膝上，她的父亲的肖像也就忽然出现在她的眼前。看了这肖像，一直忍住的泪珠就在她的眼睛里流转。

英吉利人也许也看见了眼泪在伯爵夫人的苍白的脸颊上留了一会儿又很快被空气吹干的潮湿的晶亮的痕迹。

戴格曼上校奉皇帝的命令传令给负责为法兰西抵御英吉利人侵略柏安的梭尔元帅，他就利用这机会叫他的妻子离开威胁巴黎的危险，带她到杜尔一位老亲戚的家里来。一会儿，马车就在杜尔的石子路上、桥上、大街里转动，停留在贵族李斯杜麦—兰丹侯爵夫人的老公馆前面。

李斯杜麦—兰丹侯爵夫人是许多脸孔苍白，头发皓白，嫣然微笑，好像穿裙子，戴上一顶不知道是什么式样的帽子的老美人之中的一个。这些老妇人是路易十五时代的七十几岁老妪的典型，她们差不多都是很悦人的，好像她们还在爱恋似的；她们的热心胜过她们的虔敬，她们的热心的神气又胜过她们的真正的热心；她们总是满身的脂粉馨香扑鼻，讲得一口好故事，谈吐饶有趣味，多半因为一段回忆，不是因为一段笑话而哈哈大笑。她们不喜欢现实的事情。

一位老女仆来给侯爵夫人（因为她不久就可以恢复这衔头）报告有一位她自从西班牙战事开始以来就没有看见过的远亲表弟来探视她的时候，她就兴奋的放下她的眼镜，关上了她所喜欢读的一部书：《故宫的回廊》。然后，她就重新找到她的气力，正当年青夫妇两个人登上石阶的时候，来到了她的台阶上。

表嫂和表弟妇互相快速的交换了目光。

“您好，亲爱的表嫂。”上校一边嚷，一边抱住老妇人，紧迫的吻着她。“我给您带一个年青女人来让您照应。我来把我的宝库交托给您。我的珠丽既不娇娆，也不妒忌；她跟天使一样的和蔼，……但是，我希望她不要在这里腐败了。”他打断自己的话说。

“你这坏人！”侯爵夫人一边回答，一边给他投去一道嘲弄的眼色。

她先用某种可爱的和蔼态度去接吻珠丽，珠丽还是沉思的，好像觉得别扭，不像是好奇。

“我们要互相认识认识吗，我的心肝？”侯爵夫人接着说，“别太怕我，我设法永远不要跟年青人装出老太婆的样子。”

来到客厅之前，侯爵夫人已经顺着外省的习惯吩咐人家给两个客人预备饭菜，但是伯爵却阻止了表嫂的滔滔不绝，用严肃的腔调对她说他只能够在驿站换马的时候留在她家里。所以，三位亲戚就用最快的速度来到客厅里，上校好不容易才有时间给他的表嫂叙述逼他请求她收容妻子的政局和军事的变化。

叙述的时候，表嫂轮流的瞧着没有间断说话的表弟和似乎因为这强迫的分别而悲愁的表弟妇。她好像要对自己说：“呃！呃！这些年青人都很相爱哩。”

这时候，鞭笞的铄声在冷静的老院子里荡漾着，院子的石子路是由草丛来点缀的。维克多尔再吻一下侯爵夫人，然后就奋身奔出了公馆。

“再见，亲爱的。”他一边说，一吻着一直跟他到车边来的妻子。

“噢！维克多尔，让我再陪你到更远的地方去，”她用妩媚的腔调说，“我不愿意离开你……”

“你想到这个吗?”

“好吧，”珠丽回答说，“再见，因为你要这个。”

车子失踪不见了。

“您很爱我可怜的维克多尔吗?”侯爵夫人一边问她的表弟妇，一边用老妇人懂得给年青人投去的慧眼来询问她。

“唉！老太太，”珠丽回答说，“不是得爱一个男人才嫁给他吗?”

这最后一句话是用一种天真的声调说出来的，既表现一个纯洁的心灵，又表露许多深刻的神秘。这很难让一位曾经当过杜克拉斯和李慈刘元帅的朋友的女人不去猜想这一对年青夫妇的秘密。表嫂和表弟妇两个人这时候都站在通行马车的大门的门限上，瞧着飞驶而去的四轮轻马车。伯爵夫人的眼睛并没有表露侯爵夫人了解的爱情，这位老太太是普鲁凡斯人，她的情感是热烈的。

“所以您就让我的无赖表弟随便娶您吗?”她问她的表弟妇说。

伯爵夫人不禁发起抖来，因为这个老美人的腔调和眼色好像告诉她比她自己也许都深知维克多尔的性格。忧愁的戴格曼夫人于是就躲避在这笨拙的矫饰里，这是天真苦痛的心灵的第一个避难所。李斯杜麦夫人满意珠丽的回答；但是她却快乐的想到她的孤单生活一定会拿某个爱情的秘密来消遣，因为她的表弟妇好像有一个可以让她指导的有趣的阴谋。

戴格曼夫人在铺满金棍加框的毛毡的大厅里，坐在由一面中国屏风来抵御无孔不入的寒风的大火炉前面的时候，她的悲哀是无法消散的。在这些这样老旧的壁饰之下，在这些一百年旧家具之中而生出快乐的情绪，这实在是不容易的事情。然而年青的巴黎女郎却装着一种愉快的气度步入了深长的孤单——这外省的严肃的岑寂里。跟这位曾经接受过她一封新娘拜候信的表嫂交换了几句话之后，她又保持了缄默，好像倾听音乐的歌剧似的。一直过了两个钟头特拉普修道院一般的寂静之后，她才看见到自己对表嫂的无礼，她才记起她只对她的亲戚回答了几句冷酷的话。老妇人尊敬她的表弟妇的偏情，因为她有古代人所特有的温和的本能。这时候，这位老寡妇就编织毛线活。事实上，她也出去几次忙着整理让伯爵夫人睡觉、让仆人们安放行李的“绿色客房”；但是这会儿她又重新坐在她的大靠椅里，偷偷的窥视这个年青的妇女。珠丽为自己迷在不可抵抗的思索里感到羞愧，她就设法用解嘲的口吻叫人家原谅她。

“亲爱的小姑娘，我们知道寡妇的苦痛。”表嫂回答说。

四十几的人才能够揣测得出老贵妇的嘴唇所表达的讥讽。

第二天，伯爵夫人的精神好了许多，她说话了。李斯杜麦夫人对驯养这新婚的女子不再失望，她最初还以为这少妇是野蛮愚笨的；她跟她谈到她们可以参加的本地的娱乐，跳舞会和家庭的娱乐。这一天里，侯爵夫人所有的问题都是拿旧日内宫的习惯来设置圈套，因为她忍不住要用这方法来揣测表弟妇的性格。珠丽拒绝了几天以来一直引诱她到外面去消遣的一切恳求。所以，无论老贵妇如何想要拿表弟妇到外面去显耀，而表弟妇都不答应，她也终于放弃了介绍她到交际场中去的计划。伯爵夫人找到了她的孤居和悲哀的借口，说是她的父亲的死使她悲痛，她还给她的父亲戴孝哩。

一暑期之后，老寡妇敬重了珠丽的天使一般的温和、她的谦卑和她的宽恕的精神，从此之后，她就非常注意化解少妇心肠的神秘的哀怨。伯爵夫人是生来让人喜欢、生来应当幸福的女人。她的在场都变成了李斯杜麦夫人生活上的甜蜜珍贵的成分，侯爵夫人甚至于都迷在表弟妇的身上，不愿意离开她。一个月的时间就够在她们之中建立起一个永恒的友谊。老贵妇不是没有惊讶的发现戴格曼夫人仪态上的变化。颜面上的活泼色调不知不觉的萎谢了，脸孔变成了晦涩苍白的颜色。损失了原来的光彩之后，珠丽就变得没有那样的悲愁了。有的时候，老寡妇居然也能够唤起年青亲戚的雀跃的愉快和戏弄的谑笑，虽然不久又被一个厌世的思想抑制了去。她揣测，给表弟妇的生活盖上一层布幕的深愁的，既不是来自她对父亲的追念，也不是来自她和维克多尔的离别。然后，她就想到了许多恶劣的疑惑，因为她很难找到这苦痛的真正的原因。我们也许只能够依照偶然的机会去发现真理。

终于有一天，珠丽让她的表嫂惊讶的看出她整个的忘却了她的婚姻，向侯爵夫人显出一个昏迷的少女的疯狂、诚实的精神、幼年的稚气，法兰西少女所特有的这样细腻有时又很深刻的精神。李斯杜麦夫人于是就决定来探测这个又自然又做作的灵魂的神秘。

夜来临了，两位贵妇都坐在朝街的十字窗前面，珠丽恢复了她的沉思气度，一个男人骑在马上，经过窗下。

“这原来就是您的一个牺牲品。”老贵妇说。

戴格曼夫人又警惕又悲愁的瞧着她的表嫂。

“这是一个英吉利青年，一个绅士，可敬的奥尔孟·奥瑟，格兰维尔爵士的长子。他的经历是很有趣的。一八〇二年医生们把他送到芒柏里埃来，他希望这地方的空气能够疗治可以使他死亡的肺病。他跟他的所有的同胞一样，战争的时候，也被拿破仑扣留了，因为这么一来，这个怪物就不能够参加作战。为着消遣起见，这个年青的英吉利人就开始研究人家认为无可救药的这种疾病。他不知不觉的对解剖学和医学发生了兴趣；他醉心于这种学术，这在一个贵族方面实在是很例外的；摄政王也会献身于化学！总之，奥瑟先生的进步是惊人的，当然在芒柏里埃的教授们看来，这却不算怎么样的奇怪；学术的研究安慰了他的囚徒生活，同时他也彻底的痊愈了。人家说他两年没有说话，很少呼吸，睡在马厩里，喝一匹瑞士母牛的奶，靠水芹菜来维持生命。自从他在杜尔之后，他没有拜访过任何一个人，他就跟孔雀一样的骄傲。但是我们可的确征服了他，因为自从您在这里之后，他大约不是为着我而每天两次走过我们的窗下……一定的，他一定爱上了您。”

这最后一句话好像魔术似的惊醒了伯爵夫人。她做出一个姿势和发出一个微笑，使侯爵夫人惊讶。珠丽并没有证实最严厉的女人都知道叫人不幸时所感觉到的本能的满足，她的眼色是冰冷而黯淡无光的。她的脸孔呈现出近似厌恶的否定的情绪。这种排斥的态度不是一个爱恋的女人为一个男子的利益而打击全世界的排斥，果然是这样的话，这种女人就懂得狂笑、打趣。然而，不，这时候，珠丽却像一个想到危急还会使她感到苦痛的女人。

表嫂确信表弟妇不爱表弟，她发现她谁也不爱，也就不禁怔住了。她发现珠丽有一颗郁郁不乐的心，珠丽是个一天，也许一夜的经验就足够认识维克多尔的空虚的女人，不禁颤抖起来了。

“要是她知道他的话，一切的话都算是说过了，”她想，“我表弟不久就会得到婚姻的不良结果。”

于是，她就计划劝导珠丽去信仰路易十五时代的君主主义的信条。但是，几个钟头之后，她就懂得，说得更对一点儿，她就猜出了人世里使伯爵夫人悲痛的相当普通的情景。

珠丽忽然变成深思的人，她违反礼节，先退回自己的房里去。女仆脱下她的衣服让她睡觉的时候她还留在火前，深埋在黄丝绒的安乐椅里——这是一种适合愁苦的人和快乐的人的古家具。她痛哭，她太息，她思索；然后，她就搬来一张小桌子，寻找一些纸张，开始写信。时间快速的流逝，珠丽在这信里所写的知心话好像花费了她很多的精力。每一句话都引起了深长的梦幻。突然间，少妇泪如雨下，停笔不写了。这时候，时辰钟正打了两下。她那双沉重得跟死人一般的脑袋就朝着她的胸脯垂下；当她再举起头来时，她看见她的表嫂陡然出现了，好像是从铺在墙上的毛毡里跑出来的人似的。

“您怎么啦，小姑娘？”侯爵夫人对她说，“为什么熬夜熬到这个时候呀？为什么您这年纪一个人掉眼泪哭呀？”

她不拘礼节的坐在表弟妇身旁，两只眼睛吞噬着刚开始写的这封信。

“您给您丈夫写信吗？”

“我知道他在哪儿吗？”伯爵夫人回答说。

侯爵夫人拿起了信纸，念着。她带着她的眼镜来，好像她预先想到要看信似的。贞洁的女人让人家拿起信，没有说任何一句话。这既不是缺乏尊严，也不是使她失去气力的什么秘密的罪感；不，她的表嫂是在灵魂没有动力、对一切都不在意（无论是善是恶，无论是缄默是信托）的危急的时刻里。

珠丽好像白天尽量轻蔑情人夜里却变得悲哀、渺茫，不得不盼望情人回心转意或希望他可以让她安放苦痛的心灵的品行完善的少女，她一句话也不说，就让人家揭破她细心遮掩的秘密，沉思的听着侯爵夫人念读这封开着的信：

亲爱的路易沙，

为什么常常要求我履行两个无知的年青少女所约定的轻忽的许诺呢？你给我写信说你常常问为什么十个月以来我都没有回答你的询问。要是你没有懂得我的缄默的话，今天听到了我给你漏泄的神秘，你也许会揣测出这缄默的原因。我应当永远把这些神秘埋藏在心灵的深处，要是你没有告诉我你不久就要结婚的话。你要结婚了，路易沙。这念头使我发抖。可怜的小姑娘，你就结婚吧；几个月之后，回想到当年一天晚上我们两个人在埃古思攀登到山顶大榛树底下，欣赏我们脚下的美丽的山谷，瞻望夕阳的落晖的时候，你会感到刺心的遗撼，那时候，我们大家坐在一块岩石堆上，沉醉在我们的愉快里，接着就是最温和的悲哀。你先发现这天边的太阳就是我们的将来的预兆。那时候我们都很好奇，都很狂热！你记得我们的所有的胡言乱语吗？我们说，我们就像两个情人一般的抱吻。我们发誓我们两个人之中先结婚的一个应当给另外一个忠实叙述这些洞房的神秘，我们的幼稚灵魂给我们描写着这样甜蜜的快乐。这一个夜晚要使你失望，路易沙。那时候，你是年青的、美丽的、无忧无虑的或是幸福的；一个丈夫却可以在几天之内使你变成我所已有的情形，丑陋、苦痛、衰老。告诉你我怎么骄傲的、虚荣的、快乐的嫁给了戴格曼·维克多尔上校，这实在是一种疯狂！我得怎么样告诉你呢？我甚至于都记不清楚我自己。没有多少的时间，我的童年就变成了梦幻。给我一个不知边际的联系的那个庄严的日子，我的举动也逃不了责骂。我的父亲曾经好几次压制过我的快乐，因为他发现我的快乐只有害处，我的辩论表露我的狡猾，正因为这些辩论并不狡猾。我拿结婚的面纱、结婚的礼服和这些花朵做下了成千幼稚的嬉戏。那天晚上，人家大吹大擂的领我到我的洞房里去，我一个人留在洞房里，想着用什么轻佻的举动来给维克多尔打趣；等着他来的时候，我的心脏就跟从前一个除夕晚上偷偷走进堆满年礼的厅子里去时一样的悸动。当我的丈夫进来找我的时候，我在包裹我的洋纱里发出了让听见的笑声变成激奋我们的童年的眼睛的最后一次的快乐的爆发……

这样开端的一封信应当包含有许多悲痛的观察。老寡妇念毕之后，就慢慢的把她的眼镜放在桌子上，又把信搁在那里，朝着她的表弟媳妇瞟去两只不因为年纪而减弱火光的绿色的眼睛。

“我的小姑娘，”她说，“一个结了婚的女人给一个年青的小姐写这样的信，这未免有点不合礼仪……”

“我也这么想。”珠丽打断表嫂的话，回答说，“所以你念的时候，我心里觉得很羞愧……”

“要是我们觉得桌子上某一碗菜不好吃的话，我们也不必叫别人讨厌它，我的孩子，”老妇人和蔼的接着说，“尤其自从夏娃以来，婚姻都好像是一桩非常难得的事情……”

珠丽拿起信，扔进火里。

“您没有了母亲吗？”老妇人说。

伯爵夫人战栗着，然后她就慢慢的抬起头来说：

“一年以来，我已经好几次为我的母亲感到惋惜；但是我却做下一个错误，没有听我父亲的反对，父亲不愿意维克多尔当他的女婿。”

她瞧着她的表嫂。当她看见这老脸孔上所发出的和善的神色时，一道快乐的寒战就吹干了她的眼泪。侯爵夫人好像请求她，她就给老妇人伸出她的细嫩的手；两个人的手指互相紧握的时候，她们也就彼此了解了。

“可怜的没有父母的女儿！”表嫂加上一句话。

这句话在珠丽看来简直是最后的一线光明。她好像听见父亲的预言的声音。

“您的手很热啊！一向都是这样的吗？”老妇人问。

“我才不发烧七八天哩。”她回答说。

“您发烧却瞒着我！”

“我已经发烧一年了。”珠丽用一种对贞操的忧虑说。

“所以我的好天使，”表嫂接着说，“到现在为止，婚姻只是您的长期苦痛吗？”

少妇不敢回答，但是她却做出了一个肯定的姿势，表露她的一切苦楚。

“所以，您是不幸的孩子吗？”

“噢！不，表嫂，维克多尔发疯的爱我，我也崇拜他，他太好啦！”

“是的，您爱他；但是您可躲避他，不是吗？”

“是的……有的时候……他老来找我。”

“您不是常常只怕他来惊动您而打扰了您的孤单生活吗？”

“嗨！是的，表嫂。但是我倒很爱他，我给您保证。”

“您不是暗地里谴责自己不知道或是不能够分享他的快乐吗？有的时候，您不是想过合法的爱情要比不合法的爱情更难忍受吗？”

“噢，正是这样的。”她流泪说，“您猜到了一切我觉得难懂的事情吗？我的感觉麻木了，我没有思想，我很难看清楚事情。我的灵魂受到使我情感冰冷且麻痹的一种无从解释的恐怖的压迫。我没有声音埋怨，我没有话语表达我的苦楚。我苦痛，我惭愧，愁苦的看着维克多尔因为使我伤痛的事情而快乐。”

“这些都是孩子气！”表嫂喊道，她的干枯的脸孔忽然浮出一道愉悦的微笑，反映着她的年青时代的快乐。

“您，您也笑我吗？”少妇失望的说。

“我也有过这经验。”侯爵夫人立刻接着说，“现在维克多尔让您一个人留下，您不是又变成了安静的少女，没有快乐、也没有苦痛的安静的少女吗？”

珠丽睁大了她的呆笨的眼睛。

“总之，我的天使，您崇拜维克多尔，不是吗？但是您宁愿当他的妹妹，不愿意当他的妻子，您的婚姻是整个的失败，不是吗？”

“呃！您有道理，我可怜的孩子。这一切的一切都没有什么快乐的。要是我不保护您的话，要是我的老经验猜不出您的悲哀的纯洁的原因的话，您的将来恐怕还有许多的不幸哩。我表弟配不上享福，他这傻子！我们所爱戴的路易十五的朝代，像您这样情形的少妇不久一定会责备她的丈夫去学一个德国兵的行为，自私的人！这些暴虐的军官都是没有知识的坏人。他们还以为粗暴是风流，他们既不知道爱恋，也不懂得女人的性情；他们以为第二天到战场上去送死就可以让他们前一天不必关心我们。从前的时候，人家懂得恰当的爱、恰当的死。珠丽，我要教您这个。我要结束使你们互相仇恨、使你们希望离婚的悲痛的龃龉，如果您不在失望之前死去的话。”

珠丽惊呆的听着她的表嫂说话，她诧异的懂得她所感觉到而不是了解到的智慧的言辞，她甚至于都因为在这经验丰富的老亲戚嘴里找到父亲对维克多尔的同样的批评（不过说得比较的温和一点儿罢了）而恐惧了起来。她也许对她的前途都有了一个清晰的直觉，感觉到将来压迫她的不幸的重量，因为她哭了，而且跑到老贵妇的怀抱里，对她说：

“您就当我的妈妈吧！”

表嫂并不流泪，因为大革命没有让前朝的贵族妇人的眼睛留下多少眼泪。从前的爱情和后来的恐怖都使她们习惯于最刺人的剧变。结果，她们就在生命的危急里守护着一种没有扩张的冷静的尊严、诚实的情感，她们永远忠实于新兴的风俗以及弃绝的宫廷的仪礼和贵族的态度。

老寡妇把少寡妇抱在怀里，用温柔和蔼的态度吻了她的额头，这种态度常常表现在这些女人的习惯里，而不是那样的表现在她们的心里。她用甜蜜的语言阿谀她的表弟妇，答应她使她有个幸福的前途，用爱情的许诺来笼络她，帮助她去睡觉，好像她是自己的亲生女，她的希望和失望却变成了自己的希望和失望似的；她觉得在表弟妇身上重新看到自己的年青没有经验的快乐的少女时代的情况。伯爵夫人睡下了，她很快乐能够得到一个从此之后可以让她谈论一切的朋友，或母亲。第二天早晨，正当表嫂和表弟妇两个人用深沉的诚意、会心的神色互相接吻来证明情绪的进步和灵魂的完全结合的时候，她们都听见一匹马的蹄声，她们同时转过头去，看见年青的英吉利人依照习惯慢步走了过来。他好像对这两个孤单女人的生活曾经做下某种研究似的，从来没有忘记她们吃午饭和吃晚饭的时刻。他的马用不着什么通知就响亮着他的蹄声；然后，正在他走过饭厅的两只窗户的距离时，奥瑟就向里边投来一道悲哀的眼色。这眼色大半的时候都是伯爵夫人所轻蔑的，珠丽丝毫也没有注意他。但是，侯爵夫人却惯于好奇的注意微小的事情来为外省的生活而激动（这种好奇心也是上等人家所有的）。她就对这个英吉利人隐隐表露出来的怯懦的爱情发生兴趣。在她看来，这周而复始的眼色已经成为一种习惯了，每天她都用新的打趣来指示奥瑟的巡视。

两个妇人坐上椅子的时候，她们都不约而同的瞧着岛民。珠丽和奥瑟的眼睛这一次却用正确的情绪相遇了，少妇甚至于都红了脸。英吉利人马上催促他的马，驰奔而去。

“可是老太太，”珠丽对她的表嫂，“得怎么办呢？看见这个英吉利人走过，这里的人一定要以为我……”

“是啊。”表嫂打断她的话，回答说。

“那么，我可以告诉他别这样散步吗？”

“这不是让他以为他有危险吗？而且，您能够阻止一个人来来往往到他认为好的地方去吗？明天，我们不要在这厅里吃饭好了；年青绅士看不见我们在这里的话，他也就不会继续在窗口跟我们讲爱情了。亲爱的孩子，这就是懂得社会礼节的女人所应有的行为。”

但是珠丽的不幸应当是十全的。两个妇人刚刚离开了桌子，维克多尔的人就突然的到来。他从布尔慈加鞭疾驰，穿过许多弯曲的道路，给伯爵夫人带来她的丈夫的一封信。维克多尔离开了皇帝，他告诉他的妻子皇帝政权的崩溃、巴黎的陷落、法兰西各地欢迎布尔崩王室的热烈；但是因为他不知道怎么样闯进杜尔，所以他就请他的妻子立刻到奥黎昂去，希望能够在奥黎昂给她寻觅通行证。这个仆人是从前的兵士，他得陪珠丽从杜尔到奥黎昂去，维克多尔相信这条路还是自由的。

“太太，您别晚了一分钟，”仆人说，“普鲁士人、奥地利人和英吉利人要在布罗瓦或奥黎昂会师哩……”

少妇在几个钟头之内，就准备停当了，她坐了表嫂供给她的一辆老旅行车，动身走了。

“为什么您不跟我们一块儿到巴黎来呀?”她一边说，一边抱吻侯爵夫人，“布尔崩王室现在回朝了，您可以在那里找到……”

“就是没有意外的回朝的话，我也还要到那里去的，可怜的小姑娘，因为我的劝告在您和维克多尔两方面都是非常有用的。所以，我得预备一切去与您会合。”

珠丽在她的女仆和老兵士的陪伴之下动身了，老兵士在车子旁驰马，视察女主人的安全。

珠丽夜里到达布罗瓦前面的一个驿站，她听见一辆车自从安布瓦斯之后就一直跟在离她的车子后面，不免有点忧虑，就探出车门来看看到底谁是她的旅途伴侣。她在月光下看见奥瑟站在离她三步路的地方，眼睛盯着她的车子。他们的眼睛相遇。伯爵夫人赶紧重新投身车厢，心脏因为害怕而啪啪的跳着。正像大部分没有经验的真正的少妇似的，她认为对于一个男人有一个不由自主的爱情是一个罪过。她本能的感到恐怖，这也许是在这大胆的侵略之前所有的柔弱的意识所生的结果。男人的一个最强有力的武器就是亲身占有因为本质动摇的幻想而恐惧愤怒追求的女人的可怕的力量。

伯爵夫人回想到表嫂的劝告，她决定在旅途中躲在邮车里，不出去。但是，每一站她都听见英吉利人在两辆车旁边散步的声音，他的四轮轻车的讨厌的声音都不断的在大路上传播到珠丽的耳朵上来。一会儿，少妇就想到一旦和她的丈夫会面之后，维克多尔一定会为她防御这奇怪的迫害。

“可是，要是这个年青人不爱我呢?”

这是她所有的许多念头之中的最后一个念头。来到奥黎昂的时候，她的邮车被普鲁士人扣住并被人家赶到一间旅馆的院子里，由许多兵士来看守。抵抗是不可能的。外国人给三位旅客用命令的态度解释说他们奉命不许任何人走出车子。伯爵夫人流着眼泪，在抽烟、狂笑，在有时用傲慢的好奇态度来瞧她一眼的一群兵士中间当了差不多两个钟头的俘虏，但是她最后却看见他们听到一阵马蹄声就恭敬的离开了车子。一会儿，一个奥地利将军率领的一群外国高级军官就围住了邮车。

"夫人，"将军说，"对不起，这是一个误会，您不必害怕，您可以继续旅行，这是一张通行证，从此之后，它可以让您免除一切的虐待……"

伯爵夫人战栗的拿着通行证，说了几句模糊不清的话。她看见奥瑟穿着军服站在将军身边。无疑的就是他使她立刻恢复自由。年青的英吉利人又快乐又悲痛的转过他的头，只敢偷偷的瞧着珠丽。谢谢这张通行证，戴格曼夫人居然一路无事到达了巴黎。她在那里重新找到她的丈夫。维克多尔解除了他对皇帝的效忠的誓言，他得到了阿尔多瓦伯爵的热烈欢迎。阿尔多瓦伯爵新近由他的兄弟路易十八任命为王室的少将。维克多尔在亲卫军里得到一个高级的地位，当了将军。

然而，就在庆贺布尔崩王室回朝的宴乐里，一个将要影响她的生活的深远的不幸又打击了可怜的珠丽：她损失了李斯杜麦—兰丹侯爵夫人。老贵妇因为在杜尔看到安吉运公爵，过分的快乐，得了心脏麻痹病而辞世了。所以，年纪可以给她权利来提醒维克多尔的贵妇——唯一可以巧妙的劝告使夫妇之间发展完美的协调的贵妇，这个贵妇却死去了。珠丽感觉到这损失的整个范围。现在只有她一个人在她和她的丈夫之间。但是，因为她是年青而怯懦的，她得先选择苦痛，而不采取怨叹。她的完美的品格本身也不允许她疏忽她的责任或寻求她的苦痛的原因：因为要停止这些苦痛是一桩非常复杂的事情；珠丽只怕有碍她的少女的贞操。

她不再看到奥瑟爵士了。

人母

世间不是有许多人，他们的深长的空虚在认识他们的人看来简直是神秘的吗？高高的地位、著名的家族、重要的职务、某种文饰的礼仪、极端保守的行为或是财产的声望，在他们看来都是阻止批评进攻的卫士。这些人物好像是身材性格和习俗都永远不易让人了解、让人正确欣赏的国王，因为他们不是距离人们的观察太远，就是太近。这些带有虚假价值的人物只询问，不说话，他们有一种技巧，就是知道把其他的人放在舞台上，免得站在他们面前；然后，他们就用如意的方法去牵动每一个人的感情或是利益的线索，自己挑出比别人确乎高明的神色，把别人当做傀儡来舞弄，认为别人都是渺小的，因为他们能够叫别人降低到他们的同一的地位上来。他们的呆板丑陋的念头于是乎就胜过了变化无穷的伟大思想。所以，为着判断这些空虚的人类，从衡量他们的价值起见，观察家就应当赋有一种精细的、不只是聪明的精神，忍耐的、不只是重要的观点，缜密巧妙的、不只是空唱高调的思想。不过，无论这些权利者如何巧妙的遮掩他们的弱点，他们都非常不容易瞒过他们的妻子、他们的母亲、他们的儿女或是家庭的朋友；可是，这些人却总为共同的名誉而给他们严守秘密，甚至于常常帮助他们去哄骗社会。

如果因为这种家族的阴谋使许多傻子都变成了伟人的话，他们一定会补充同样数目的被人认为傻子的伟人，使社会总有同样多的外表的贤达。

现在，请您想象一下：一个富有情感的聪明的妻子在这样一种丈夫之前应当怎么样去对付。您看不出来有许多充满苦痛忠诚的存在，没有由这世界给补尝充满热爱的精细的心灵吗？如果有一个坚强的女人陷进这种可怕的环境里，她就会带上一个罪行出来，正如迦太琳二世似的，虽然人家称她为伟大的女王。但是，因为所有的女人并不都坐在宝座上，大部分的女人都献身于家庭的不幸，这些不幸是黯淡的，所以也就不是不可怕的了。要在人世上寻求立刻安慰的女人，如果要继续忠实于她们的责任的话，往往只是换上了另外一套苦痛；如果要为她们的快乐而破坏法律的话，往往只是犯了过错。这些观察都可以应用在珠丽的秘密的历史上。

拿破仑站得住的时候，戴格曼伯爵跟其他的陆军上校一样，是个值得胜任的愉快的传令官，能够圆满完成一个危险的使命，而不能够当个重要的司令官，他也没有任何的欲望，只当了皇帝所喜爱的一个勇士，也就是一般军人所谓的好孩子。给他恢复侯爵头衔并不觉得他负恩；他跟随布尔崩王室到刚城去。这种合理的忠实行为否定了从前他的岳父对他所下的预言，岳父曾经说过他的女婿只能够一辈子当上校。第二次回来的时候，戴格曼先生受命为少将，变成了侯爵。他怀着野心，想要当成法兰西的世卿而采取了保守派的理论和政策，剔除不能遮掩任何东西的臭架子，他变得严肃，喜欢询问，不愿意多说话，让人家觉得他是一个深沉的男子。他不断的躲在礼仪的形式里，忽而谨慎，忽而大量的发出巴黎人好像赏小费似的拿来给傻子们解释伟大思想或伟大事实的现成的语句，社会上的人物也就敬重他，认为他是一个有趣味、有学问的人。他固执的坚持贵族的见解，人家也就称赞他有个完美的个性。如果他偶然变得和从前一样的快乐和从前一样的漫不经意的话，他的幼稚的毫无意义的语言，也就让别人认为是外交家的辞令了。

“噢，他只说他要说的话。”非常老实的人都这样的想。

他的优点和他的缺点都一样的帮助了他，他的勇敢使他得到了无可否认的军人的名声，因为他从来没有当过司令官。他的高贵雄伟的脸孔表露他的胸襟的宽阔，只有他的妻子觉得他的身姿是个虚假的外壳。听到社会人士承认他的虚才的真实性，戴格曼侯爵最终居然也自认是个宫里最惹人注目的人物，他懂得在宫里用他的外貌去取悦人家，宫里的人众都毫无犹豫的承认他的价值。

不过，戴格曼先生在家里倒是很谦逊的，他本能的感觉到他的妻子比他高明，虽然她还年青；从这不由自主的敬重里又产生了侯爵夫人不得不接受的一种神秘的力量，虽然她曾全力拒绝过这种力量的担负。她是她的丈夫的军师，指导他的行为和他的幸运。这种反自然的影响在她看来其实是一种委屈，是她心里埋藏的许多苦痛的源泉。先说，女性的本能告诉她最好是服从一个有才能的男人，不要指挥一个傻子，一个被迫去代替男人思想行动的女人既不是女人，也不是男人，在损失女性应有的不幸之中其实是放弃了所有女性的雅趣，而得不到任何强有力的人所有的合法的权利。她的存在隐藏有一种苦楚的嘲弄。这个可怜的物类，为着报答她的不断的忠诚起见，就给她投来丈夫的自私的爱情，只把她看作是妻子，既不屑于，也不知道（这实在是个深刻的侮辱）顾虑自己的欢乐，更不知道她的悲痛和她的萎靡从何而来。她不是得被迫去尊敬这个空洞的偶像，去保护她的保护人，这个可怜的物类吗？正如大部分感觉到才智不如妻子的丈夫似的，侯爵也懂得从珠丽的体质上的柔弱来说明她的精神上的欠缺，去挽救他的自尊心，他喜欢埋怨，追问命运为什么给他送一个病弱的少女来当他的妻子。总之，当他是刽子手的时候，他却让人家相信他是牺牲品。侯爵夫人背负着这悲痛生活的一切不幸，她还得对她的傻主人微笑，用花朵布置一间凄凉的房子，给一副因为秘密的苦痛而变白的脸孔贴上幸福的标记。

这尊敬的责任、伟大的克己，不知不觉的使年青的侯爵夫人有了一种女人的尊严、道德的意识，教她能够抵抗社会上的危险攻击。然后，为着彻底探测这心灵起见，也许笼罩她的少女的天真的初恋的深切隐蔽的不幸也就使她厌恶情感了；也许她既没有蓄意诱导，也没有思念非礼的快乐，而是思念使某些女人忘却贤慧的法则、安定社会的道德规律的疯狂的欢娱。

她放弃了梦幻、甜蜜的生活，李斯杜麦—兰丹夫人的老经验所允许她的温柔的调和，而谦卑的等待着苦痛的结束，希望早年夭逝。自从杜尔兰回来之后，她的健康就一天天的下降，她的生活总是连续不断的出现病痛；而且这种病痛是风雅的，表面上看来好像是情欲，肤浅的人甚至于都要认为是小情人的幻想。医生们责罚侯爵夫人躺在沙发上，她就在那里跟周边的花朵一同枯萎。身体的羸弱禁止她在天空下步行，她总是关在车子里出门。身边不断的堆满一切奢侈品和近代工业的产物，她倒不像是病人，而像是闲散的王后。几个同情她的不幸和她的健康的朋友确信总能够在她家里找到她，而揣测她的将来的健康，他们就给她带来许多新闻，告诉她许多使巴黎有异趣生活的成千的小故事。所以，她的悲哀虽然是严重深沉的，然而却是豪富的悲哀。戴格曼侯爵夫人就像是一朵根部受到黑毛虫侵蚀的美丽的花儿。

有的时候，她也到交际场中去，这倒不是因为她的兴致，而是服从丈夫所处的地位的要求。她的嗓音和她的歌咏可以让她得到总是取悦少女的喝彩声。但是，她既然得不到情感上和希望上的满足，这种成功对她又有什么益处呢？她的丈夫不喜欢音乐。总之，她在各客厅里几乎总是觉得别扭，因为她的美丽总在那里引起人家的兴趣、引起人家的恭维。她的地位在那里激动了一种残暴的怜悯、一种悲凉的好奇。她受到一种燃烧的打击，这种燃烧往往是致命的，是女人们对人耳语的，我们还不能够找出一个名词来称呼它。虽然她的生活是那么的寂寞，但是她的苦痛的原因却是谁也不知道的。虽然她是结了婚的女人，她却永远是少女，任何的视线都可以使她害臊。所以，为着避免脸红起见，她就永远装着一副喜悦的笑脸；她对人表露一种虚假的快乐，总说自己的身体好，或是用贞洁的撒谎去预先答复关于她的健康的问题。

然而，一八一七这一年，一桩事情却使珠丽大大的改变了她一直到此为止所有的可怜的状况。她生了一个女儿，她愿意抚育这女儿。两年的光景，人母对于婴儿的殷勤的消遣工作和她的忧惧的快乐，使她的生活比较没有那样的不幸。

她不得不隔离她的丈夫了。医生们都给她预卜一个进步的健康，但是侯爵夫人并不相信这假设的预言。正如一切已经没有生活意味的女人似的，也许她倒认为死是一个幸福的结局。

一八一九年年初，她的生活比任何时候都更糟糕。正当她自喜能够获得一个消极的幸福的时候，她忽然看到了可怕的深渊：她的丈夫渐渐的疏远了她。已经那样冷淡自私的感情又更加的冰冷，这可以给她带来她的机智和她的谨慎所不能够预测的不幸。虽然她确信能够统制维克多尔，能够得到他对她的永远的敬重，但是她却害怕别的女人对这个这样空虚、毫无思考能力的男子的影响。

她的朋友们常常惊异的发现珠丽长期的默思；最无见识的朋友就用嘲笑的口吻来问她关于她的秘密，好像一个少妇只会想到轻佻的行为、一位家庭的母亲不能够有深刻的思想似的。何况，不幸和真正的幸福一样，都会引导我们走进幻想的迷宫呢。

有的时候，珠丽就跟她的黑莲一块儿嬉戏，用阴沉的眼睛瞧着她，不去回答那些询问她的现在和她的将来的幼稚的问题，虽然这种问题可以给做母亲的女人许多愉快。她的眼睛于是就涌着眼泪，因为她忽然回想到从前在杜伊勒利参观阅兵典礼的景况。她的父亲的预言又重新荡漾在她的耳边，她的良心谴责她不应该误认父亲的明智。她的一切不幸都是违反父教的结果。她常常不知道在这些不幸之中，哪一个是最难忍受的。

不但她的温柔的灵魂没有被人发现，她也从来没有能够让她的丈夫了解，甚至于生活上最平常的事情也是如此。情爱的机能在她身体里更有力、更活泼的发展时，夫妇的恩情却在身体上和精神上的苦痛之间凋谢了。并且，她对她的丈夫也有这种近似轻蔑的恻隐之心，这使她的一切情绪终于也枯萎了。总之，如果她跟几位朋友的谈话、许多实例、大社会的某些冒险故事不能够让她懂得爱情可能带来极大的幸福的话，她的创伤总可以使她猜想到可以结合友情的深刻的纯粹的快乐。

在她回忆往事的图像里，奥瑟的诚实的脸孔每天都在那里显得更为纯洁、更为美丽，是快速的昙花一现，因为她不敢停留在这个回忆里。这位年青英吉利人的懦怯缄默的爱情是她结婚以来唯一给她在阴沉孤单的灵魂里留下的一些甜蜜痕迹的故事。也许一切毁灭了的希望，一切流产了的欲求，这些使珠丽的精神悲痛的愿望都因为幻想作用而投射到这位男子的身上来，英吉利青年的举止、情绪和性格都好像向她呈献出无限的同情。但是这种思想总有点像偏好、像梦幻。珠丽用叹息来包围这不可能的梦幻，然后，她又非常苦痛的醒来，比拿幻想的幸福的翅膀来保护苦痛的时候都感觉得更清楚她的潜伏的烦恼。

有的时候，她的苦恼却带有疯狂大胆的性质，她要不惜任何的代价去求欢乐；但是，更多的时候，她都只让一种不知道是哪一类的麻木去吞噬，听着人家说话而毫不了解，或是怀着空泛的念头，这些使她都找不到语言来表达。她在最亲切的意志里、少年时已经梦想过的风尚里受到了挫折，她不能够不吞下自己的眼泪。她可以向谁诉苦呢？谁能够了解她呢？而且她还有她这种女人的极端的细心，这种使埋怨变成无用、使征服者和被征服者都觉得惭愧而不愿意利用优势去攻击对方的令人敬服的贞洁的情绪。珠丽极力向戴格曼先生表现她的能力、她的德性，她自夸能够品尝她所没有的幸福。她的一切精细都毫无结果的运用在连她都不知道的家庭管理上，这些家庭的管理永远都是在她的专制统治之下的。有的时候，她都因为不幸而疯狂了，没有思想，也没有控制力；但是，一个真正的怜悯幸亏总是带她到一个崇高的希望上面来：她躲避在将来的生活里，这是使她重新接受苦痛的一种值得敬佩的信仰。这些可怕的争斗、这些内心的苦楚是没有光荣的，这些悠长的悲哀是没有人知道的；任何的造物都没有接受她的惨淡的目光、她偶尔抛在孤单生活里的苦泪。

环境使侯爵夫人渐渐接近危急的地位，这些危险在一八二〇年正月一个夜晚里用一切的重量揭露在她的面前。

当夫妇互相认识、长期习惯彼此的生活的时候，当一个妻子懂得解释丈夫的一切姿势、探知丈夫所隐藏的情绪和事情的时候，突如其来的光芒往往会在回想从前偶然无意说出的话语之后暴发了出来。一个妻子往往会在深渊的旁边或里头突然醒了过来。所以，几天来自喜能够单独留在家里的侯爵夫人就猜到了她的孤居生活的原因。她的丈夫对她毫无定见、有点厌倦，他对她客气、对她怜悯，他已经不再是她的了。这时候，她不再想到她自己，也不再想到她的苦痛，不再想到她的牺牲；她只是一个母亲，她只看着女儿的幸运、将来和幸福；她的女儿，这唯一给她带来喜悦的物类；她的黑莲，这唯一使她还留恋生命的物类。现在，珠丽愿意活着来把她的女儿从可怕的肩轭下拯救出来，因为一个继母可以在这肩轭之下压死这个可爱的婴儿。

想到了这凶恶的前途的新的预见，她就堕进了这长年吞噬她的剧烈的默思里。从此之后，在她和她的丈夫之间，就存在有一个个的思想世界，这世界的重量只压在她一个人身上。一直到现在为止，她还确信维克多尔是尽其所能的爱她，所以她也就献身于她所没有分享的幸福；可是今天，她已经不能够满意的知道她的眼泪会使她的丈夫快乐，她一个人留在这世界里，她只有不幸让她去选择。清静的夜里，当她精疲力尽，离开沙发和即将熄灭的火炉的时候，她就走去。在油灯的微光之下，用干涸的眼睛去看视她的女儿。戴格曼先生非常快乐的回来，珠丽叫他尊重黑莲的睡眠，但是他却用一句粗暴的话来欢迎妻子的热情。

“这年纪的小孩子都是可爱的。”他说。

然后，漠不关心的吻了女儿的额头之后，他就拉低摇篮的帐幕，瞧着珠丽，握住她的手，带她到他身边，坐在刚刚发生许多凶恶思想的沙发椅上。

“今天晚上您真美呀，戴格曼夫人！”他用不可忍受的快乐嚷着，这种快乐的空虚是侯爵夫人所深切知道的。

“您到哪儿去过夜会啊？”她装着毫不在乎的神气，问他。

“赛利西夫人家里。”

他从壁炉台上取下一只屏风，用心细察屏风的透明丝绸，没有看出他的妻子在这里所留下的眼泪的痕迹。珠丽战栗了。语言不能够表达她心头所涌出而必须由她来忍受的思想的洪流。

“赛利西夫人要在下星期一举行一次音乐会，她想要你参加演唱都想死了。你这么久没有到交际场中去，这就够得让她要在她家里看你了。她是个好女人，她非常喜欢你。要是你到她那里去的话，我会非常高兴的；我几乎都替你答应她了……”

“我一定去。”珠丽回答说。

侯爵夫人的嗓音、她的声调和眼色都是非常深入怪异的。虽然维克多尔毫不在意，他却惊讶的瞧着他的妻子。这就是一切了。珠丽已经猜到了赛利西夫人就是夺去丈夫的心的女人。

她昏迷在失望的梦幻里，表面上好像忙着看火。维克多尔用一个在外面欢乐而把幸福的疲倦带到家里来的男子的烦杂气度在他的手指中间转动屏风。打了几次呵欠之后，他就一只手拿着一个烛台，一只手懒洋洋的摸索妻子的颈项，想要抱吻她；但是珠丽却低下头，给他呈出她的额头，在那里接受了一个祝愿晚安的吻，这种没有爱情的机械的吻，一种可恨的怪脸相。维克多尔关上门的时候，侯爵夫人就坐在一张椅子上，她的腿盘着，她的眼泪横流着。我们也得受同样的苦楚才能够懂得她所隐藏的苦痛，才能猜到她所扮演的可怕的长剧。这些单纯的幼稚的言辞、这些夫妇之间的岑寂、这些姿势、这些眼色、侯爵坐在火炉前面的态度、他要接吻妻子颈项的神气，这一切的一切都使这一刹那变成了珠丽的苦楚孤单的生活的悲惨的结局。她疯狂的跪在沙发前面，把脸部沉埋在沙发里，免得看见任何的东西，她祈求上天，给她平常所有的祈文加上亲切的腔调，加上一种可以使丈夫心肠破裂的新的意义，如果他听到的话。

一个星期的时间，她都在不幸的袭击之下忙着想象她的前途，研究不会违背良心而去恢复她在侯爵身上的所有影响、能够活得相当长久以便于护卫她的女儿的幸福的方法。她决定要跟她的情敌竞争，要重新出现在交际场中，在那里炫耀，为她的丈夫装出一种她不能够再有的爱情，去感化他；然后，当她能够用她的技巧使他屈服在她的权力之下的时候，就设法对他献媚，好像许多妖冶的情妇做出欢乐的样子去苦恼她们的情人似的。这法术是治疗她的病痛的唯一的可能的药方。于是，她就可以控制她的苦楚，她就可以在征服丈夫、使他屈从于一个可怕的专横之中，依据她的欢乐去指挥这些病痛，使它们变成稀少的。她已经不再因为给他强加一个困难的生活而愧疚了。

只一跳，她就跳进了局外人的冷静的算计里去救护她的女儿，她立刻猜透了没有爱情的女人的负心撒谎、妖冶的欺骗，使男子们对假定是天生腐物的女人生起怀恨之心的残忍的奸刁。珠丽的女性的虚荣、她的兴趣、她的空泛的报仇的欲望不知不觉的和她的母性的爱情配合了起来，使她走进了一条有新的苦痛在等待她的路上去。但是她的灵魂太美丽了，她的精神太细致了，她也太坦白了，她不至于长期策划这些奸计。她习惯于反省，所以第一步走进这罪恶的道路时（因为这确是一个罪恶），她的良心的喊叫就应当抑制她的纵情和她的自私。事实上，在一个心灵还很纯洁、爱情还很单纯的年青少女身上，母爱的情绪本身却是服从贞操的呼唤的。贞操难道不就是整个的女人吗？但是珠丽不愿意看见在新生活里有任何的危险、任何的错过。她到赛利西夫人家里来。她的情敌原本打算可以看到一位脸色黄白、没精打采的女人，但是侯爵夫人却涂上脂粉，盛装出席，更加美丽的出现在赛利西夫人面前。

赛利西夫人是那些夸口能够在巴黎的时装界和巴黎的交际场里施展一种权力的女人之中的一个；她口授人家写下许多断案，这些断案得到她的社会的接受之后，好像也就变成了所有人所采纳的了；她夸口能够应用字眼；她是超等的批评家。文学、政治、男人们和女人们，一切的一切都得经过她的品评；赛利西夫人好像不大相信别人的评论。她的房子在所有方面都是她的趣味的模型。在这些堆满漂亮女人的客厅里，珠丽都胜过了伯爵夫人。她又聪明，又活泼，围绕在她身边的都是夜会里最出色的男子。在其他女人们的失望之下，她的服装是无可责骂的。所有的女人都羡慕她的袍子的剪裁、她的胸衣的式样。一般人都认为这式样的效果是某个不知名的裁缝的天才的赏赐，因为女人们都更喜欢相信裁缝的科学，而不相信生来可以使衣服穿得特别好看的女人的温雅和完美。

珠丽离座走到钢琴那边去歌唱德特孟的短曲时，所有的男子都从所有的客厅跑到这里来倾听这久未演唱的著名歌喉的嗓音；全场肃静无声。侯爵夫人非常兴奋的看见许多人头挤在门上，所有的目光射落在她的身上。她寻找她的丈夫，给她投去一道娇媚的秋波，她快乐的看见她的自尊心这时候大受阿谀。她高兴她的胜利，第一部分的 Al piu salice 使全场愉快。就是玛里布兰和巴斯达也没有使人家听过这样情绪完全、声调合宜的歌唱；但是，重新接唱的时候，她却在人群里看到了奥瑟的呆定的眼睛没有离开她。她剧烈的战栗，她的声音改变了。

赛利西夫人从她的座位上奋身朝着侯爵夫人跑去。

“您怎么啦，亲爱的？噢！可怜的小姑娘，她病得太重了！我看见她做一桩她的力量所不能及的事情，我都发了抖了……”

短歌间断了。忧愤的珠丽觉得再也没有勇气继续下去，她只好忍受她的的情敌的假意的同情。所有的女人都喃喃耳语，谈论这事变的结果，她们也就猜到了侯爵夫人和赛利西夫人之间的争斗，她们也免不了加以咒骂。

珠丽心里所常觉到的怪异预感一刹那之间都实现了。想到了奥瑟，她就很自得的相信一个外表如此温文尔雅的男子一定还忠实于他的初恋。有的时候，她却自喜能够成为这个美丽爱情的对象，这是一个青年的纯洁真挚的爱情，这青年的所有思想都是属于他的爱人的，他的所有时刻都属于他的爱人的，没有任何的矫揉造作，为着使女人脸红的事情而脸红，跟一个女人一样的思想，不使她有情敌，完全献身给她，没有野心，没有想到光荣，没有想到财富。她的疯狂、她的排遣，使她梦想到奥瑟的这一切；然后，突然间，她就相信梦想成功了。她在这一副美女一般的英吉利青年的脸孔上读到了深沉的思想、温和的悲哀、苦楚的谦卑，她自己就是这谦卑的牺牲品。她在他身上认识了她自己。不幸和悲哀是爱情的最流利的翻译官，而且用难以相信的速度去交通两个苦痛的人物。他们对于事物或观念的亲切的观察和吸收都是完全而正确的。所以，侯爵夫人所受到的剧烈的打击就给她揭示了将来的一切危险，她很得意找到一个借口，说她的嗓音的变化是病中的正常的状态，她就自愿让赛利西夫人给她堆来勉强的同情。

短歌的停唱是许多女人拿不同的见解来谈论的材料。有的女人叹惜珠丽的命运，抱怨这样令人瞩目的女人竟在社会之前消灭；有的女人愿意知道她的病痛和她的孤单生活的原因。

“好，亲爱的郎格罗尔，”侯爵对赛利西夫人的弟弟说，“你看到戴格曼夫人就羡慕我的幸福，你就骂我不该对她不忠实吗？得了，要是你跟我一样在一个美女面前一两年，不敢吻她的手，只怕吻她，你就会觉得我的命运没有什么值得羡慕的。这些精致的珠宝只能够放在玻璃下面照着好看，他们的脆弱、他们的珍贵却逼着我们永远敬重他们，这种珠宝，请你别接吻他们了。人家告诉我你怕好马，你也常常在大雨大雪的天气里带你的好马出去吗？这就是我的故事。当然我确信我太太的品德；但是我的结婚只是一桩奢侈的事儿；要是你以为我结了婚的话，你就错了。所以，我的不忠实其实是合法的。我很想知道你们处在我的地位上要怎么办，你们这些喜欢嘲笑人家的先生们？许多男子都没有我对我太太这样的慎重。我相信，”他低声加上一句话说，“戴格曼夫人绝不会有什么怀疑。所以，这是一定的，要是我做了大错来抱怨的话，我就是非常幸福的……不过，任何东西也不会比看见一个人家所爱的可怜的女人苦痛更能够叫一个富有感觉性的男子烦恼……”

“所以，你很富有感觉性吗？”郎格罗尔先生回答说，“因为你不常住在家里。”

这句友情的讽刺引起了听众的哗笑，但是奥瑟却保持冷静的态度——拿严肃当品格基础的绅士的风度。这位丈夫所说的一套怪话无疑的使英吉利青年生出了一些希望，奥瑟耐心的等待着能够一个人跟戴格曼先生一块儿留下的时刻，能够不久给他自荐的机会。

“先生，”他对他说，“我看到侯爵夫人的健康状况很悲痛，要是你知道没有一种特殊的卫生食法她就会悲惨死去的话，我想你就不会拿她的病痛来说笑话了。我之所以对你说这些话，因为我确信我能够救治戴格曼夫人，使她恢复生命，使她幸福。像我这一阶级的人当医生是很少有的事儿，不过偶然的机会却叫我去研究医学。要是我毫不在意，不拿我的时间和旅行来帮助一个病人，而拿他们来满足什么傻幻想的话，”他一边说，一边装出能够使他实现他的计划的自私的冷静态度，“我就会觉得于心有所不安。这一种病很少会治好的，因为这种病需要许多细心的看护、许多的时间和许多的忍耐，尤其得有钱、得旅行、得谨慎的听从每一天的不同的药方，不能有任何不痛快的事情。我们是两位绅士，”他拿英文 gentleman 这个字眼的声调来说“绅士”这个字，“我们能够互相了解。我预先告诉您，要是您接受我的建议的话，您随时都可以判断我的行为。我不会没有得到您的意见、您的监视而做任何的事情，要是您同意听从的话，我就可以对您负责成功。是的，要是您不愿意当太久戴格曼夫人的丈夫的话。”他朝着他的耳朵上说。

“爵士先生，”侯爵笑着说，“的确只有英吉利人才能够给我提出这样奇怪的建议。请您允许我不拒绝，也不接受，我还得想一想。并且，无论如何，我得先征求我太太对这建议的意见。”

这时候，珠丽重新出现在钢琴旁边，她唱着西美拉美特的 son Regina、son guerriera 的曲调。全场一致的喝彩声（其实可以说是无声的喝彩声），圣日尔曼镇的礼貌上的喝彩证明了她所引起的同情。

戴格曼先生带他的妻子回到公馆的时候，珠丽看到她的企图的立刻的效应，不禁生出一种又惊又喜的情绪。她的丈夫因为她刚才所扮演的把戏而醒悟了，他要怪异的敬重她、喜欢她，好像对待一个女伶似的。珠丽觉得让他这样的看待很快乐——她，她这结了婚的有德性的女人；她设法舞弄她的权力，在这初步的争斗里，她的好心也使她更多了一次的失败，但这是命运给她保守的最可怕的一个教训。

早晨两三点钟的时候，珠丽从床褥上坐起，她阴沉朦胧的坐在夫妇的床中，摇移不定的灯光轻微的照耀着卧室，最深刻的岑寂统治着卧室；差不多一个钟头以来，侯爵夫人一直愧疚痛心的流泪，这眼泪的酸楚只有处在同样情景中的女人才能够领会得到，得有珠丽那样的灵魂才能够跟她一样的感觉到一种含有算计的柔情的可怕，因为这跟接受一个冰凉的接吻并没有两样；这是因为一种苦痛的卑贱而更加深刻化的违心的举动。她错误的估计了自己，她诅咒结婚，她愿意死去；要是没有听到她的女儿的一声啼哭，她也许早就快步的投身窗口，跳下石子路了。戴格曼先生平静的睡在她身边，没有让妻子落在他身上的热泪惊醒。

第二天，珠丽懂得如何的显得快乐。她找到力量装出幸福的样子，遮掩一种不可克服的厌恶，而不是隐蔽她的悲哀。从这一天起，她不再把自己看做无可责难的妻子。她不是自己骗自己吗？从这时候起，她不是能够矫饰、能够更晚在夫妇的罪行里开展惊人的程度吗？她的婚姻是这种还没有发作的先验的邪恶的原因。不过，她却已经自问过，当她违反本人的意向和自然的愿望献身给她所不再爱的丈夫的时候为什么她要抵抗一个她所爱慕的情人。所有的过错，也许可以说所有的罪行，都有乖戾的推理或是过分的自私做他的原则。只有个人依据规则的要求而牺牲自己的时候，社会才能够存在。接受权益，这难道不就是负责维持使她还能生存的条件吗？原来，被迫去敬重产业的没有面包的不幸的人并不比违反愿望、本性受伤的女人更没有什么可怨叹的事情。

这场景的秘密是埋藏在夫妇的睡床里的，这场景发生之后几天，戴格曼把格兰维尔爵士介绍给他的妻子。珠丽用冷淡的礼仪去接待奥瑟，这种态度使她的矫饰更为成功。她强制她的心灵的缄默，遮掩她的眼色，使她的声调坚毅，这样居然能够控制她的将来。由于这些女人用天生的法术去认识了她所感应的爱情的范围之后，戴格曼夫人就因为希望立刻痊愈而微笑了，她不再抵抗丈夫的意向了，丈夫逼着她接受这个年青医生的看护。然而，她也只能够去研究格兰维尔爵士的言行，她确信他有暗地苦楚的仁慈之后才愿意信任他。她对他有一种绝对的权威，她已经妄用了这权力：她难道不是女人吗？

情　誓

孟刚杜尔是坐落在许多金栗色岩石之中的一块岩石上面的一个古代的大田宅，离一八一四年珠丽旅途中停留的地方不远，罗瓦尔河就是经过这些岩石底下流着的。杜尔兰有许多美丽的白色小别宫，他们的塔楼都是雕刻的，修饰得跟马林①的花边似的；这些艳丽的小别宫和他们的桑树丛、他们的葡萄园、他们的凹路、他们的光亮的长栏、他们的石洞、他们的长春藤、他们的峭壁一块儿立在河水的中央。孟刚杜尔就是这些小别宫之中的一个。它在阳光之下闪灼着，一切的一切都是活泼的。成千的西班牙遗迹使这悦人的居处富有诗意；黄金色的灌木、钟形的

① Malines是比利时的一个城名。

花朵，使清风发出馨香；空气是醉人的，到处的土地微笑，甜蜜的魔术到处包蔽灵魂、笼络灵魂，使它变成闲散的、爱恋的、柔软的。这美丽的柔和地带可以消灭苦痛、唤醒感情。谁也不会在这洁净的天空之下、在这闪灼的水波之前觉得寒冷，在那里许多的野心都死去了；在那里，您就像睡在一个平静的幸福的怀抱里，正如每天晚上太阳都睡在他的紫蓝色的襁褓里似的。

一八二一年八月的一个温和的黄昏，两个人攀爬着切断别宫底下的岩石的石路，朝着高地登上，无疑的，要到那里去欣赏人家可以在那里发现的许许多多的景色。这两个人就是珠丽和格兰维尔爵士，不过这个珠丽却像是另外一个女人似的罢了。侯爵夫人的颜色是健康的。她的眼睛因为一种强大的力量而显得活泼，从一道潮湿的云烟里发出闪光，好像使孩子们产生不可抵抗的情趣的流质似的。她尽量的微笑，她的生活使她幸福，而她也包藏有生命。从她举步的神气里，我们很容易看出任何的病痛都没有像从前一样使她的动作笨重，也没有使她的眼色、使她的言语、使她的姿势疲倦。她在那抵御太阳光的白绸阳伞下就像是一个藏在一块面帕里面的新娘子，就像一个等着恋爱的处女。

奥瑟用情人的细心带领她，他好像领导儿童似的领导她，避开石头，引她走上最好走的路，给她指着一片远景或是带她走到花朵前面。他之所以这样，都是受到一个永远善良的情绪、一个细腻的意向、对于这个女人的幸福的亲切的关注的推动，这些情绪好像是他的天性，至少是跟他的生存所必要的动作一样的。病人和医生举起同样的步伐走路，并不惊异于第一天共同走路之后就存在于他们之间的契约，他们顺从同一的意志、在同一的感觉之下停住了；他们的眼色、他们的话语都符合他们的相互的思想。到达一个葡萄园的高地时，他们都愿意走到一块白色长石头上面去休息，这些白色长石头是人家在岩石的石洞里继续开凿出来的；但是没有坐上之前，珠丽却瞧了山景。

“真美的山景呀！”她喊道。“咱们卷一个帐子，就住在这里吧。维克多尔”，她嚷着说，“您来吧，您来吧！”

戴格曼先生在下面用猎夫的喊叫回答她，但是他却没有加速他的步伐；不过只要道路的形势允许，他总时不时的瞧着他的妻子。珠丽快乐的呼吸空气，她举起头，给奥瑟投去一道精细的秋波，聪明的女人可以拿这种眼色去说明她的一切思想。

“噢！”她接着说，“我愿意永远留在这里。人家可以不来欣赏这美丽的山谷吗？您知道这小河的名字吗，爵士？”

“这是西斯河。”

“西斯河。”她重复说，“那么那边，在我们前面的，那是什么啊？”

“那些是哲尔丘陵。”

“那么，右边的呢？啊！这是杜尔。您瞧大教堂的钟楼在远处所产生的美景吧！”

她停口不说了，她让她向城里伸出的手落在奥瑟的手里。他们两个人都缄默的欣赏山景和这自然界的和谐的美丽。潺潺的水声、新鲜的空气和洁净的天空，一切的一切都跟涌上年青情侣心头的思想相符合。

“噢！老天爷，我真爱这山景！”珠丽用天真的热情重复说。“您住在这里很久了吧？”她歇了一会儿，接着说。

听了这句话，格兰维尔爵士不禁发抖了。

“那儿，”他指着路上的胡桃树丛，悲楚的回答说，“那儿是我当囚犯的时候第一次看到您的地方……”

“是的，但是那时候我是很悲惨的；我觉得这自然界是野蛮的，可是现在……”

她停住了，格兰维尔爵士不敢瞧她。

“我所以有这快乐，”长时间的缄默之后，珠丽终于又说，“这都是您的赐予。我不是得活着来享受这些生活的快乐吗？一直到现在为止，我不是完全死去了吗？您不只给我健康，您还使我感觉到健康的价值……”

女人有一种无从效法的才能，不必用奋激的言辞就可以表达她们的情绪；她们的辞藻就存在于她们的声调、她们的姿势、她们的态度、她们的眼神里。格兰维尔爵士双手抱着他的头，因为眼泪流转在他的眼睛里。这是他们离开巴黎之后珠丽给他表示的第一次谢意。

他已经全力效忠并看顾侯爵夫人整整一年了。在戴格曼的辅助之下，他曾经带领她到埃克斯湖沼泽区，然后又带领她到罗妻尔的海滨去。他随时观察他的简单明了的药方使珠丽的残破的躯体所生的变化，他好像一个爱花的园艺家培植奇花异草一般的培养她。侯爵夫人好像是拿习惯于接受吹嘘的巴黎女郎的自私或是依据用途而随便获取物品和男人，且不知道物品和男人的价值的妓女的毫不在意的态度来接受奥瑟真诚的照应。

地理的环境对于灵魂所生的影响是值得注意的一件事。如果居留水边的时候，我们一定会感到悲哀的话，我们的感受性的另一个定律却会使我们在山上澄清我们的情绪：感情可以在那里到达表面消失在活跃的气度里的深底。罗瓦尔河盆地的宽阔的景况，两位情人坐在上面的美丽山岭的高度，这也许就产生了甜蜜的平静，使他们先在揣测表面上毫无意义的言辞下的真情里尝到幸福的滋味。

珠丽说完这句感动格兰维尔爵士的话语时，一阵和风吹动了树梢，在空中散播了新鲜的水香；几朵云彩遮住了太阳，柔和的阴影让人家看出这自然界的所有美丽。

珠丽转过头去避免年青的爵士看见她所忍住的干涸了的眼泪，因为奥瑟的柔情立刻感动了她。她不敢举眼相望，她只怕他会太早在她的眼色里看到快乐的表情。女人的本能使她觉得她得在这危急的时刻把她的爱情埋藏在心里。可是，缄默也可以是同样可怕的。珠丽看到格兰维尔爵士已经失去了说话的能力，她就温和的接着说：

“我说的话触动了您，爵士，也许这兴奋的扩张是一个文雅善良的心灵所取的态度，好像您的灵魂要回到错误的判断上面来似的。您一定会觉得我是忘恩负义的，因为您发现我在这幸福而即将结束的旅途里是冷淡的、保守的、玩世的、麻木的。要是我不知道感谢您的照应的话，我就不配接受她。爵士，我什么也没有忘记。咳！我永远也不会忘记您好像母亲看顾孩子似的照应我的劬劳，尤其不会忘记我们彼此之间情如同胞似的知心的闲谈、您的细腻的步骤，这些都是我们无法抵抗的诱惑。

爵士，我实在没有能力来补偿您……”

说完这些话，珠丽就激动的走开，格兰维尔爵士也没有做下任何的动作去阻止她；侯爵夫人走到附近一块石头上，一动也不动的留在那里；他们的情感只有他们自己知道，他们无疑的都暗地里落泪；这时快乐的朝着夕阳打情骂俏的归鸟的歌声应当是增加了他们的心里的错乱，强迫他们离开；自然界负责为他们表达他们不敢说出口来的爱情。

“好，爵士，”珠丽站在爵士跟前，她的态度非常的庄严，可以让她拉起奥瑟的手，她接着说，“我要请求您给我恢复健康的生命并使她变成纯洁神圣的。我知道”，她看见格兰维尔爵士脸色发青，就加上一句说，“为着报答您的忠诚起见，我还要请求您做下一个比我所认识清楚的牺牲范围还要大的牺牲……但是得……您不要留在法兰西，命令你这个，这不是给您许多神圣的权利吗?”她加上一句话，把年青人的手放在她悸动的胸口上。

“是的。”奥瑟说着，站了起来。

这时候，他指着怀里抱着女儿出现在别宫栏干上一条凹路的另外一边的戴格曼。戴格曼爬到那上面去，目的在于叫他的小姑娘黑莲从那里跳下。

“珠丽，我不会对您说我的爱情，我们的灵魂互相太了解了。无论我心里的快乐是如何的深刻、如何的秘密，您都分享了它们。我觉得这个，我知道这个，我看到这个。现在，我得到甜蜜的证据证明我们的心灵的永远的交通，但是我要走的……好几次了我都太巧妙的计算杀死这个人的方法来永远抵抗他，要是我留在您身边的话。”

“我也有同样的意思。”她一边玩，一边在她脸上显出苦痛的惊惧的记号。

但是珠丽的声调和她的姿势包含有许多的德性、许多的自信、许多战胜爱情的胜利，格兰维尔爵士只有钦佩她。罪恶的暗影本身都在这天真的良心里萎谢了。美丽的额头上的宗教的情绪应当永远驱走不由自主产生的恶劣的思想，这些思想是我们有缺点的本性所产生的，它既指出我们的命运的伟大，同时也指出它的危险。

“那么，”她接着说，“我可以受到您的轻蔑，他会救我的。”她低下眼睛，接着说。“丢掉了您的尊严，这不就是死吗？”

这两个情人还缄默了一个时刻，吞噬他们的苦恼：无论是好是坏，他们的思想都是保持本来的样子，他们在亲切的快乐和秘密的痛苦两方面都是互相了解的。

“我不应当呻吟，我的生活的不幸是我的工作。”她加上一句话，举起泪眼，望着天空。

“爵士，”将军从他的地位上做了一个姿势，喊道，“我们第一次在这里碰面哩。您也许都记不得了吧？瞧，那边，在这白杨树附近。”

英吉利人重重的点一点头，就算是回答。

“我得年纪青青的不幸的死去。”珠丽回答说。“是的，您不要相信我活着。悲哀跟您给我医治好了的可怕的病症同样的凶恶。我不相信我有罪。不，我对您所有的情感是无法抵抗的、永远不灭的，但却是不由自主的，而我也愿意继续当个贞洁的女人。不过，我要同时忠实于我当妻子的良心、我当母亲的责任，同时又忠实于我的心灵的愿望。您听，”她用变化了的声音对他说，“我不再属于这个人的了，绝不。”

说着，珠丽就用一个厌恶的真切可怕的态度指着她的丈夫。

“人世的规律要我使他的生活幸福。”她接着说，“我要服从这些规律；我要当他的女仆；我对他的忠诚将是无边的，但是现在我已经是寡妇了。我不愿意在我自己眼前或是在人世面前当个娼妓；要是我不属于戴格曼先生的话，我也永远不会是属于另外一个男人的。您只能够从我身上得到您已经从我身上得到的东西。这是我对我自己所下的断案，”她骄傲的瞧着奥瑟说，“这是无可挽救的，爵士。现在，您得知道要是您在一个犯罪的思想之前让步的话，戴格曼先生的寡妇就要走进意大利或是西班牙的一个修道院。不幸的命运愿意，我们讲到我们的爱情。这些愿望也许是不可避免的；但愿这是我们的心最后一次的震动。明天，请您装着收到一封信，召您回英吉利去，我们也就可以这样的一别而不再见面了。”

不过，因为这样奋力而萎靡了的珠丽却觉得她的膝盖发软了，一个残酷的寒冷打击着她，一个女性的思想使她坐了下来，免得落在奥瑟的怀抱里。

“珠丽!”格兰维尔爵士大喊道。

这个尖锐的喊叫声好像雷鸣似的响着，这令人吓破胆的高啸表达了情人一直缄口没有说出的一切的话。

“呃，她怎么啦?”将军问。

“没有什么呀。”珠丽用值得钦佩的冷静说。这种冷静是女人的精细天性让她们在生命的危急时所常有的态度。“这棵胡桃树的冷气几乎使我失去了知觉，我的医生害怕得发起抖来。我不是他还没有完成的一个艺术品吗？他也许是因为看到这艺术品被毁就战栗起来了……”

她大胆的拉住了格兰维尔爵士的手臂，对她的丈夫微笑，在离开岩石的顶端之前看了看山景，牵着她的游伴的手，领着他走。

“这一定是我们所看见的最美的景致，”她说，“我绝不会忘记了它。您瞧吧，维克多尔，多远呀、多广呀，有多少的变化呀！这山景使我生出爱恋之情。”

她几乎是用痉挛的态度来狂笑，不过这笑态却可以欺瞒她的丈夫，她快乐的跳进凹路里，失踪不见了。

“呃，怎么呀！立刻！……”当她离远戴格曼先生的时候，她就这样的说。“呃，怎么呀！我的朋友，一会儿我们就不能够再存在了，我们就永远不会是我们自己了，总之，我们就不会再活下去了……”

“咱们慢慢的走吧，”格兰维尔爵士回答说，“车还远着哩。咱们一块儿步行好了，要是我们可以拿眼睛来说话的话，我们的心灵也就可以再活上一刹那了。”

他们几乎是静悄悄的朝着黄昏的最后阳光在水边的堤岸上散步，说些空泛的话，这温和跟罗瓦尔河的潺潺水声似的，然而却可以震撼心灵。落日在失踪之前，用红色的光辉来包裹他们，这就是他们的惨痛的爱情的悲哀的征兆。将军非常担心不能够在原来停车的地方找到他的车子，他忽而随着忽而越过两位情人，没有参加他们的谈话。格兰维尔爵士在旅途中的高贵细腻的行为打破了侯爵的狐疑，相当时期以来，他都让他的妻子自由，因为他相信爵士医生的贞洁。

奥瑟和珠丽还在萎靡心灵的悲痛结合里步行着。刚才指着孟刚杜尔绝壁的时候，他们两个人还都有个空泛的希望，一种连他们自己都不敢问的忧虑的幸福；但是，下山顺着堤岸走路的时候，他们都推翻了他们在幻想里所建筑的脆弱的大厦，他们不敢朝着这种大厦呼吸，好像孩子们预先看到用纸牌叠成的别宫的崩坍似的。他们没有希望了。

当天晚上格兰维尔爵士就走了。不幸得很，他给珠丽投去的最后一次的眼色证明自从他们的同情心给他们揭示一个强力的情感的范围以来，他有理由去怀疑他自己。戴格曼先生和他的妻子第二天发现自己坐在车厢里，没有旅居的同伴在旁边，用高速度走过侯爵夫人一八一四年所走的道路（那时候爵夫人并不懂得爱情，而且几乎都咒骂了爱情的贞操）的时候，她又想到了她所忘记了的成千的印象。心灵有他的记忆。不能够回忆最严重的事变的女人也会一辈子记起和她的感情有关的事物。所以，珠丽甚至于对儿戏一般的小事也都有个完全的记忆。她幸福的认出了她第一次旅行时所有的一切微末的事情，甚至于她在路上某些地点所有过的思想。从她回复青春的鲜艳和康健的日子起又变成了钟情郎君的维克多尔就拿出情人的姿态挤在她身边。当他设法把她抱在怀里的时候，她却温和的躲开了他，找出一种谁也不知道是哪一类的借口来避免这纯洁的摸抚。然后一会儿，她就觉得讨厌跟维克多尔接触，她觉得他们坐车的姿态会使她跟他分别受到一种热气的袭击。她愿意一个人坐在车前，但是她的丈夫却特别客气让她坐在车厢里。她用一声叹息去感谢他的关注，这叹息使他自觉惭愧，这位从前诱惑她的禁卫军以为她的悲哀是为他而有的，当天晚上就逼着她用坚毅的态度跟他谈话。

“我的朋友，”她对他说，“您几乎杀死我了，您知道。要是我还是没有经验的少女的话，我还可以重新牺牲我的生命；但是我已经是孩子的母亲了，我得抚养一个女儿，我对您对她都有责任。我们得忍受同样打击我们的不幸。您最用不着埋怨。您不是懂得寻觅我的责任、我们的家声和天理（这是最重要的）禁止我获有的安慰吗？瞧，”她加上一句话说，“您都忘记了您在抽屉里所放的三封赛利西夫人的信；这就是这些信。我的缄默可以给您证明您有一个宽大的妻子，她并没有向您要求按规矩责罚您来补偿她的牺牲；但是我曾经思考过我们并不是在扮演同样的角色，只有女人是命中注定去受苦的。我的品德是固定在原则基础之上的。我懂得怎么样的生活而不至于受人责难；请您让我自己找我的生活去吧。”

侯爵听了女人因为爱情变得明智而懂得研究的逻辑之后，不禁惊呆了，他受到了这种危急情况之下天生所有的一种尊严的压迫。珠丽对于折磨她的爱情所表露的一切本能的拒绝和心灵的向往是女人的一个最完美的德性，这也许是任何的法律和任何的文化都不能够抑制的一种天性。可是，谁还敢咒骂女人呢？当她们自我克制不允许自己身事两个男人的时候，她们难道不就像是没有信心的牧师吗？如果严肃主义者责备珠丽在她的责任和她的爱情之间所订立的合约的话，富有感情的灵魂就要认这合约为罪过。这一般的诋毁，不是责难违反法律的不幸，就是咒骂欧洲社会基础的制度的缺点。

私　约

两年的时间过去了，在这期间，戴格曼先生夫妇过着社会的生活，各人到各人的交际场中去，时时在客厅里碰面，比在自己家里更常相见，这是许多高等社会的婚姻各有归宿的体面的离婚方式。一天晚上，这对夫妻意外的在他们的客厅里遇见。戴格曼夫人请她的一位女朋友吃饭。总是在城里吃饭的将军刚好留在家里。

“您不久就要变成非常幸福的，侯爵夫人。”戴格曼先生一边说，一边拿刚喝过的咖啡杯放在桌子上。

侯爵用一半狡猾一半悲哀的眼色瞧着凡风夫人，加上一句话说：

“我要长期打猎去，跟大猎夫一块儿去。您至少有一星期的工夫让您绝对自由当寡妇，这就是您所希望的，我相信……威廉，”他对走出来收拾杯子的仆人说，“驾上马吧。”

凡风夫人就是从前戴格曼夫人要劝告她守贞的路易沙。两位妇人互相瞟了一个慧眼，这证明珠丽已经找到一个可以诉苦的知己，难能可贵的慈悲的知己。因为凡风夫人在婚姻方面是非常幸运的，在她们的不同的身世之下，也许其中一个人的幸福就是她对另外一个人的不幸的关切的保证，在同样的情形之中，命运的差异往往是一种有力的友谊的联系。

“这是打猎的时期吗?”珠丽一边说，一边给她的丈夫投去一道毫不在意的眼色。

已经是五月末的时节了。

“太太，大猎夫高兴什么时候打猎就在什么时候打猎，高兴在哪儿打猎就在哪儿打猎。我们要到王家森林里去打野猪。”

“小心，别出了岔儿呀。”

“不幸的事故总是预料不到的。”他微笑着回答说。

“老爷的车已经预备好了。”威廉说。

将军站了起来，吻了凡风夫人的手，转过身来，朝着珠丽。

“太太，要是我让野猪咬死了……”他用哀求的神气说。

“您这是什么意思呀?”凡风夫人问道。

“好吧，您来。”戴格曼夫人对维克多尔说。

然后，她就微微的一笑，好像要对路易沙说：“您瞧吧。”

珠丽给她的丈夫伸长她的颈项，维克多尔向前走去抱吻她；但是侯爵夫人却低下头去，夫妻的礼仪上的接吻甚至于都落在她的衣领的褶带上。

“您可以在上帝面前作证，”侯爵朝着凡风夫人接着说，“我得有一道敕令才能够得到这个小恩宠。原来内人所了解的爱情就是这个样子的。我不知道她是用哪一种巧计把我带到那里去……祝你们快乐!”

他说完就出去了。

“你可怜的丈夫真不错，”两个女人单独留下的时候，路易沙喊道，“他爱你。”

“噢！别在这最后一句话里再加上一个字。我现在的家姓真使我腻烦……”

“是的，但是维克多尔整个儿服从你哩。”路易沙说。

“他的服从一部分是因为他对我的尊敬的结果。”珠丽回答说，“依据规矩，我是一个非常有德性的女人；我把他的家弄得非常的舒适，我闭着眼睛去瞧他的秘密行为，我不侵占他的任何财富；他可以随意浪费他的收入：我只注意保留他的资本。这样的代价可以使我得到和平。他没有对自己或愿意对自己解释我的存在。但是，要是我这样的对待我的丈夫的话，这倒并不是不怕他性格的结果。我就像担心有一天破了熊的嘴套的看熊人似的。如果维克多尔相信有权利不再看重我的话，我实在不敢预先想象会有什么样的结果；因为他是粗暴的，他有自尊心，尤其是虚荣心。如果他没有相当的聪明在他可以把弄坏脾气的维妙的环境里采取贤慧的态度的话，他的性格就是懦弱的，也许他会偶然杀死我，脱险走出，而于第二天说我因为悲哀死去。但是这凶恶的幸运倒没有什么可怕的……”

接着就是一会儿的缄默；在这期间，两位朋友都想着这景况的秘密的原因。

“我相当痛苦的服从过，”珠丽给路易沙投去一道慧眼，接着说，“但是，我并没有禁止他给我写信。啊！他忘了我了，这一定有个缘故。要是他毁灭了他的前途的话，这一定是太可悲的了！我的前途不是相当于毁灭了吗？亲爱的，你可以相信我所以看英文报的原因就是希望他的姓名印在报纸上。唉，他还没有进上议院哩。”

“那么，你懂英文吗？”

“我没有告诉过你这个吗？……我学过英文。”

“可怜的小姑娘，”路易沙拉住珠丽的手，喊道，“但是，你怎么能够还活着呢？”

“这是一个秘密。”侯爵夫人一边回答，一边露出一个儿童一般的天真的姿势。“你听。我抽鸦片烟。伦敦某公爵夫人的故事使我想起这念头。你知道马杜林都拿这故事编了一篇小说哩。我的鸦片药酒是很淡弱的。我睡着，我只醒来七个钟头，我还让我的女儿喝这药酒……”

路易沙瞧着火炉，不敢正视她的女朋友，女朋友的一切苦痛第一次出现在她的眼前。

“路易沙，请你替我守这秘密。”一刻钟的缄默之后，珠丽说。

突然间，一个仆人给侯爵夫人送来一封信。

“啊！”她脸色发青的喊。

“我不会问你这是谁的信。”凡风夫人对她说。

侯爵夫人专心读信，没有听见人家的话：她的女朋友看见戴格曼夫人脸上泄露出最剧烈的情绪、最危险的激动，脸色忽而发红、忽而发青。珠丽最后把信纸扔进火炉里……

“这封信简直是火种！噢！我的心都塞住了。”

她站了起来，走着；她的眼睛发出火焰。

“他并没有离开巴黎！”她喊道。

凡风夫人不敢打断她这突如其来的演讲，这一篇演辞是由骇人的间歇来押韵的。每一个停顿的时候，语句都是用越来越深沉的声调来发音的。最后一句话实在包含有可怕的成分。

“他没有停止来看我，只是我不知道罢了。我每天所有的惊异的眼色都帮助他继续活下去，路易沙。你不知道，他要死了，他要跟我告别；他知道我的丈夫今天晚上出门，好几天之后才能回来，所以他一会儿就要到这里来。噢！我要毁灭了。我完了。你听，请你跟我留在一起，在两个女人面前，他是不敢的！噢！你别走，我真怕。”

“可是我丈夫知道我在你家里吃饭，”凡风夫人回答说，“他一定会来找我的。”

“好吧，你走之前，我就可以把他送走。我要变成我们两个人的刽子手。唉！他以为我不再爱他。这封信！亲爱的，他所包含的句子在我看来都是用火力写成的。”

一辆车转到门下来。

“啊！”侯爵夫人用某种快乐的情调喊道，“他公开的来，没有什么神秘。”

“格兰维尔爵士！”仆人喊道。

侯爵夫人呆呆的站着。看见奥瑟这样的苍白、憔悴、清瘦，哪里还能够有严厉的态度。虽然格兰维尔爵士因为不能够单独找到珠丽而大觉意外，但是他却显得冷静。不过在这两位知道他的爱情秘密的女人看来，他的举止、他的声音都有一种类似鱼雷的力量。侯爵夫人和凡风夫人看到一种可怕的苦痛表达而发怔着。格兰维尔爵士的声音使戴格曼夫人的心脏剧烈的悸动，她甚至于都不敢回答他，只怕被他揭破他对她的影响的范围；格兰维尔爵士不敢瞧珠丽，结果差不多只有凡风夫人一个人浪费一种没有兴味的谈话；珠丽给她投去一道动情的感恩的眼色，来报答她的救助。然后，两位情人就抑制了他们的情绪，居然能够在风俗习惯的界域内保持他们的风度。一会儿之后，人家宣告凡风先生的来临。两位女朋友看见他进来，就互相瞟了一眼，虽然没有说话，却懂得了这景况的新的困难。使凡风先生知道这幕戏的秘密是不可能的事，路易沙也没有请求丈夫留在朋友家里的响亮的理由。凡风夫人披上肩巾的时候，珠丽就站了起来，好像要帮忙路易沙结上肩巾带似的，低声说：

“我可能有勇气。既然他公开到我家里来，我还有什么可怕的呢？但是，没有你的话，看见他这样的改变，我第一刻钟就要跪在他脚前。——好，奥瑟，您没有听从我！”戴格曼夫人一边用战栗的声音说，一边走回重新坐在格兰维尔不敢坐下的长椅上。

“我不能够再拒绝听您说话、依在您身边的快乐。这简直是疯狂。我不能够控制我自己了。我检查过我自己，我未免太柔弱了。我得死去。但是没有见到您而死去，没有听到您的袍子的响声而死去，没有收到您的眼泪而死去，这种死未免太冤枉！”

他要离开珠丽，但是仓促的动作却使一支手枪从他的口袋里落了下来。侯爵夫人瞧了这武器一眼，她的眼睛既不表达感情，也不泄露思想。格兰维尔爵士拾起手枪，好像非常不痛快有这种可以让人家怀疑在爱情上投机的偶然的事故发生。

“奥瑟？”珠丽问。

“夫人”，他低下眼睛，回答说，“我非常失望的来，我要……”

他停住不说了。

“您要在我家里自杀?”她喊道。

“不是一个人。”他用温和的声音说。

“什么！我的丈夫，也许?”

“不，不!”他用闭塞的声调喊道。“但是您可以放心，”他接着说，“我的凶恶的计划算是失败了。当我进来的时候，当我看见您的时候，我就感觉到一种勇气，让我平静，让我一个人死去。”

珠丽离开座位，投到奥瑟怀里去。无论他的情妇如何的呜咽，奥瑟都对两句充满情感的话听得清楚。

“先认得幸福，然后再死去……”她说，“呃，是的!”

珠丽的整个故事都包含在这深沉的叫喊里，这是没有宗教信仰的女人们不能抵抗的自然的爱情的喊叫。奥瑟抱住她，把她放在安乐椅上，他的动作印有意外的幸福所产生的剧烈的痕迹。但是侯爵夫人又突然的挣脱了情人的怀抱，给他投去一道失望的女人的呆定的目光，握住他的手，拿着一支蜡烛，引他到卧室里去：走到黑莲的睡床前面的时候，她就轻轻的拉开了帐幕，翻开女儿的被窝，一手掩住蜡烛，免得光线刺激小女儿那双好不容易才闭上的眼睛。黑莲两臂张开，带笑的睡着。珠丽用眼神给格兰维尔爵士指着她的女儿。这一个眼神算是说了一切的话了。

“就是一个丈夫爱我们的时候，我们也可以放弃他。一个男人总是强壮的，他有许多安慰的方法，我们可以蔑视社会的律则。可是一个没有母亲的女儿!”

这一切的思想和许多其他更为动人的思想都包含在这一个眼神之内。

“我们可以带她走，”英吉利人呻吟着说，“我会喜欢她的!”

“妈妈!”黑莲醒来喊道。

听了这句话，珠丽不禁泪如雨下。格兰维尔爵士坐了下来，叉着手，缄默阴沉的发怔。

“妈妈!”这句美轮美奂的天真的叫声唤起了无限的高贵的情绪、无限的无可抵抗的同情，爱情一时也就在母爱的回响声中粉碎了。珠丽不再是女人了，她是女儿的母亲。格兰维尔爵士不再继续抵抗了，珠丽的眼泪感动了他。这时候，房门突然打开，发出一声大响，而“戴格曼夫人，你在这儿吗?”这句话也就像雷鸣一般的荡漾在两个情人心里。侯爵回来了。珠丽还没有恢复镇静，将军就已经从他的卧室走向妻子的卧室这边来。这两个卧室是接连着的。幸亏珠丽给格兰维尔爵士做了一个暗号，英吉利人就躲到一间化妆室里去，侯爵夫人把化妆室的门关得紧紧的。

“呃，我的太太，”维克多尔对她说，“我在这儿。人家不打猎了。我要睡觉去。”

“晚上好，”她对他说，“我也要睡觉，所以，请您让我自己脱衣服去吧。”

“今天晚上您够倔强的呀。我服从您，侯爵夫人。”

将军退回自己的卧室，珠丽陪着他去关通道的门，再奋身跑去解救格兰维尔爵士。她找到了她的一切智慧，她想她的从前医师的拜访是非常自然的事儿；她可以延请他坐在客厅里，让自己来哄睡她的女儿，她到那里去告诉他叫他偷偷的到客厅里去。但是，当她开了化妆室的门，她却大叫一声。格兰维尔爵士的手指夹在门缝里，压得粉碎了。

“啊，你怎么啦?”丈夫问她。

“没有什么，没有什么，”她回答说，“我刚让别针刺了一下我的指头。”

通道的门突然又开了。侯爵夫人以为丈夫是因为关心她而来的，她咒诅这种虚伪的挂念。她好不容易才有时间关上了化妆室的门，而格兰维尔爵士也还没有来得及解脱他的手。将军果然又出现了；但是侯爵夫人却猜错了，他是因为一种个人的忧虑而来的。

“你可以借我一条头巾吗？查礼这家伙连一条头巾都没有给我留下。我们刚结婚的时候，你总是那样细心管我的事情，你甚至于都叫我觉得麻烦。啊！我的蜜月并不长啊，我的领带也没有度过长期的蜜月。现在，我已经被人家交给这些嘲笑我的俗人去裁判了。”

“拿着去吧，这是一条头巾。您没有去过客厅吗？”

“没有。”

“您也许还可以在那里见到格兰维尔爵士。”

“他在巴黎哩。”

“不对。”

“噢！我到客厅去……这位好医生……”

“但是他应当是已经走了！”珠丽说。

侯爵这时候正在他的妻子的卧室的中央，用头巾包上头，满意的朝着大镜瞧着自己。

“我不知道咱们的仆人都哪儿去了”，他说，“我已经给查礼拉了三次铃，他还没有来。您也没有您的女仆吗？给她拉铃吧，今天夜里我要我床上多加一床棉被。”

“保琳出去了。”侯爵夫人干涩的回答。

“半夜里！”将军说。

“我允许她到音乐厅去。”

“这可奇怪了！”丈夫一边脱下衣服，一边接着说。“我好像觉得看见她登上楼梯哩。”

“那么，她一定是回来了，”珠丽装着不耐烦的神气说。

然而，为着避免引起丈夫的任何怀疑起见，侯爵夫人就拉了铃带，不过是轻轻的一拉罢了。

这一夜的事故并没有让人家知道得完全清楚，但是一切的事故都应当跟此前的家庭细节一样的简单、一样的可怕。第二天起，戴格曼侯爵夫人留在床上卧病好几天。

“你家里到底发生了什么怪事，让所有的人都谈到你的太太呢?”郎格维尔先生在这悲惨的一夜之后好几天问戴格曼先生。

“相信我的话，千万不要结婚。”戴格曼说，“火烧了黑莲在内睡觉的蚊帐；我的太太被惊动了，她也就这样病了一年了。要是您娶了一位年青的美女，她就会变成丑陋的；要是您娶了一位康健的女子，她就会变成柔弱多病的；要是您以为她多情，她就是冷淡的；或者说，要是她表面上看来冷淡，她就真的多情，多情到可以杀死您、侮辱您的地步。有的时候，最温和的女人是暴怒的，而暴怒的女人却永远也变不了温和的；有的时候，您的孩子尽管是幼稚的、软弱的，他却可以对您施展出铁一般的意志、魔鬼一般的精神。我真厌烦透婚姻了。”

“或者是厌烦了你的太太。”

“这倒是不容易的事儿。真凑巧，你要跟我一块儿到圣杜马斯·达甘去参加格兰维尔爵士的葬礼吗?”

“怪有趣的消息。可是”，郎格罗尔接着说，“你知道清楚他为什么死了吗?”

“他的仆人说他整夜逗留在窗户的外面栏杆上去挽救他的情妇的名誉，这几天刚刚好天气非常的冷!”

“这种忠诚在我们老经验的人方面一定是很可贵的；但是格兰维尔爵士还年青哩，而且……英吉利人。这些英吉利人总喜欢做些怪事儿。”

“嘿!”戴格曼回答说，“这种英勇的精神是以女人的感应为依归的，这位可怜的奥瑟绝不是因为我的太太而死去了的!”

一八三一年正月于巴黎

二、隐痛

罗恩小河和赛纳河之间的一片平原，它的周围是方登布鲁森林、莫利、勒穆尔和孟特罗等城市。这一带不毛之地只给眼睛呈露一些稀少的小山，偶尔在田亩中间也有几块禽兽退居的小林。到处都是这些苏龙尼、保西和柏利的地平线上所特有的灰黄色的线条。旅客可以在这平原中央、莫利和孟特罗之间，看到一座名叫圣兰慈的别宫，它的近旁并不缺乏伟大庄严的成分。这里有雄壮的榆树大路、沟道、悠长的围墙、广阔的花园、庞大的贵族建筑；这些建筑物的需要建主用不法的苛捐杂税、公田的收入和今日的民法所打破的特许的聚敛或贵族的财权来维持。

如果什么艺术家或幻想家偶然迷路走进这些有着深凹车辙痕迹的道路，或是防卫这地区边界的高地的话，他一定要自问这样带有诗意的别宫怎么会投身在这麦原、这铅粉、黏土和沙砾的荒野里。这里没有快乐的气味，这里产生悲哀；没有声息的孤寂、单调的地平线，能够适应不需要安慰的苦痛的消极的美丽在这里不断的使心疲惫。

一八二〇年年底，一个在巴黎以温文尔雅面貌和聪明闻名的女人就在小村落的惊愕之下到离圣兰慈一里路附近的地方来居住。她的社会地位和她的财富都配得上她的名声。佃户和农夫自从不可追忆的时期起就没有看见过别宫的主人。这土地虽然有相当的生产力，却总是让给一个管家去照应，让给许多老仆人去看守。所以，侯爵夫人的旅行就在这地区引起了一阵骚动。

许多人众都聚集在勒穆尔大路和莫利大路的交叉点的村落边上一间旅舍的院子里，来看一辆慢慢驶来的四轮轻马车，因为侯爵夫人跟她的马匹一同从巴黎到来。一位女仆坐在车前抱着一个少女，少女的神色是沉思的，不是带笑的。母亲坐在车厢里，好像医生们送到乡下来的临死的病人似的。年青贵妇的萎靡的身姿不能够满足乡村的政治家，她的到来曾使这些政治家怀着希望，要在邑里发动什么运动。这种运动跟这病弱的女人显然是不相符的。

圣兰慈村最有势力的领袖当天晚上就在酒楼乡绅们喝酒的房间里宣布：依据侯爵夫人的悲愁的脸纹，看来，她一定是毁灭了的。报纸宣称侯爵先生一定是陪着安古莲公爵到西班牙去，侯爵夫人是在丈夫离家的时候到圣兰慈来节省交易所的错误投机所给她留下的必要的款项。侯爵是个大赌徒。也许她得零星出售她的土地，所以，他们也还有一些机会可寻。每一个人都得计算他的钱币，从钱柜里取了出来，点算他的财产，希望能够在圣兰慈的残羹里得到他的一份儿。

这前途好像是很美满的，每一个乡绅都急于要知道他是不是有这权利，都想尽方法从别宫的仆人那里打听实在的消息；但是任何人都不能够说明他们的主妇到底因为什么悲剧在冬季开始的时候不到她所有的其他使人产生快意的风景区和美丽花园去，而到这所老别宫来。市长先生亲身来给夫人致敬，但是夫人却拒绝接见。继市长之后，管理人也来问候，但是他也没有成功。

侯爵夫人只有在人家收拾房间的时候离开她的卧室，到隔壁小客厅去吃饭。要是我们可以管坐在桌上，厌烦的瞧着菜肴，刚刚好吃了足以阻止饿死的必要的数量叫做吃饭的话。然后她就立刻回来，从早上起一直坐在唯一给她卧室送进光线的窗口旁边的一张大椅子上。她只在吃饭的一些时刻去看她的女儿，她好像还很难不耐烦她的女儿似的。使一位年青少妇熄灭她的母性爱，不是得有奇异的苦痛吗？别宫的仆人没有一个能够接近她。她对女仆的役使是唯一可以使她快乐的事情。她要别宫保持一种绝对的岑寂，她的女儿必须到离她较远的地方去玩耍。她很难忍受任何的声息、任何人类的声音，甚至于女儿的声音都使她不痛快。

地区的人众都注意到她的怪癖；给她做了一切可能的假设之后，附近的小城市和农夫们也就不再想到这个抱病的妇人了。

侯爵夫人不跟外界接触，她只在她在自己身边所建立的岑寂里保持完全的缄默。她没有任何机会走出祖母在内临终的这间铺毡的卧室，她也是到这里来慢慢的死去，没有人看见，没有啰唆的行为，没有城市人使临死的人加倍受苦的假情假意的自私的表现。这位女人年纪二十六岁。这是富有诗意的灵魂觉得死有福气而喜欢尝味的年龄。但是死却对年青人撒娇；它对他们走来，又退缩回去；它露出面目，又隐藏起来。它的缓慢破除了它对他们的蛊惑，它的未来的状态使他们觉得不宁，终于又把他们送回社会里去，让他们在社会遇到苦痛。这种苦痛事实上要比死亡还要无情，不必他们的等待就要打击他们。这个拒绝生活的女人，她要到孤独生涯的深处去品尝这慢性死亡的苦楚，在精神上的临终里去学习一种可以使心灵暗淡无光、使她习惯于社会生活的可怕的自私行为。

这种残暴的悲惨教训往往是我们的早年苦痛的结果。侯爵夫人也是平生第一次，而且是唯一的一次感到真正的苦痛。事实上，相信情绪可以重新产生，这难道不就是一个错误吗？这些情绪一旦隐蔽了起来，不是总要存在于心灵的深处吗？他们可以顺着生活的偶然在那里自由的休息、自由的清醒。但是他们却留在那里，而他们的逗留也必然的改变了灵魂。所以，整个的情绪只有一个好日子，在第一次风涛里相当长的一个日子。所以，最为恒定的苦痛情绪只能够在第一次的泛溢表露他的活跃，后来就渐渐的因为习以为常，或因为人类天生拿来抵抗这破坏力量的同样迟钝的力量（人类是在自私的计算之下来采用这力量的）而弱化了。但是，在一切苦楚之中，这所谓“痛苦”到底是属于哪一种的呢？亲属的死亡是上天给人类预备好的天性的悲哀；身体上的病痛是暂时的，它并不影响灵魂；如果它继续存在的话，这就不再是病痛，而是死亡了。假如一个女人丢了一个新生的婴儿，夫妇的恩情不久又可以给她送来另外一个。这种悲伤也是暂时的。总之，这些苦楚和许多其他类似的苦楚都只是一种打击、一种创伤；其中任何一个苦楚也不能够影响生命的本质，只有异常的继续出现才能够消灭领导我们去寻求幸福的情绪。所以，真正的大痛苦应当是一种可以同时毁灭过去、现在和将来的残酷的苦痛，不保留任何一部分的完整的生命，永远败坏思想，不能改变的登记在嘴唇和额头之上，拆毁了快乐的泉源，给灵魂放上厌恶一切人世事物的原则。还有，如果要这苦痛成为巨大的，要它对灵魂和身体都加以压力的话，这苦痛就得在一切身心的力量都很健旺的时候降临到生命上面来，打击着一颗相当活泼的心灵。这苦痛于是就产生了一个巨大的创伤；苦痛是伟大的力量，任何物类都不能够没有诗意的变化而摆脱这种病症；它也许是走向上天，如果它存留在人世的话，它就走进社会来欺骗社会，来扮演一个角色；它于是就认识了人类退回去计算、去哭泣、去嬉戏的台房。在这严肃的纠纷之后，社会生活再也没有什么神秘的存在了，从此之后，社会是无可挽回的受人批判了。

在与侯爵夫人同龄的女人们身上，这第一次最难忍的痛苦总是同样原因的结果。女人，尤其是年青的女郎，灵魂和面貌都同样美丽伟大的女人，她从来没有忘记把自己的生命安放在自然界里，也就是情绪，社会要把它整个扔在那里的地方。如果她几乎丢了这生命，如果她还留在这世上，她就要在这世上因为使初恋变成美满情绪的缘故而体验着最残暴的苦痛。为什么这种不幸从来没有经过画家或诗人的描写呢？然而，我们可以描绘、可以歌咏它吗？不，它所产生的苦痛，本质上不容人家分析、拒绝艺术家沾染。而且，这些苦痛从来是不能告人的；为着安慰一个女人起见，我们都得知道揣测她们，因为这些苦痛总是虔诚酸楚的存在于心灵之中，好像雪块朝向山谷崩倒似的，它得先损毁了山谷，然后才可以在那里找到一个地位。

那时候，侯爵夫人正好是在这些苦痛的袭击之下，这些苦痛久未被人所知，因为社会上一切的人都责骂它们；只有情绪抚摸它们，只有一个真实女人的良心总是公正的判断它们。这些苦痛好像发育不健全的儿童，这些儿童比得天独厚的儿童还要使母亲悬念，可怕的悲剧往往杀害了我们之外的一切有生命的事物，这种悲剧也许还没有这样的剧烈、这样的完全、这样的因为包围侯爵夫人的环境而增强。她所爱慕的一个年青敦厚的男子却为着救护社会所谓的女人的名誉而为她死去了，虽然她从来没有违反社会的规则、允许他的欲求。她能够对谁说“我真苦痛”呢？她的眼泪可以刺激她的丈夫，因为它正是这悲剧的第一个原因。法律和风俗都禁止她埋怨；一个女朋友也许竟会因听到她的埋怨而感到愉快，一个男子也许竟会因听到她的怨恨而有所企图。不，这个可怜的苦命人只能够到旷野去自由的哭泣，去吞没她的苦痛或让苦痛来吞没她，去寻死或杀害她身上的什么东西，也许那东西竟是她的良心。

几天以来，她都双眼盯住扁平的地平线上，那里的情形就像她未来的生命似的，没有什么可以让她追寻的，没有什么可以让她希望的，一开眼就可以看到一切，她的眼睛可以在那里遇到不断打碎她的心肠的冰冷悲哀的影像。大雾弥漫的早晨，不大光亮的天空，在一张天幕之下接近地面流动的云烟，刚刚好配合着她的精神上的病痛。她的心不再紧缩了，既不更加萎靡，也不更少凋零；不，她的新鲜茂盛的品性因为一种缓慢难忍的苦痛而萎缩了，因为这种苦痛是毫无目标的。她为她自己痛苦。这样的痛苦不是走上自私的路吗？所以，可怕的念头就浮上了她的心头，伤害了她的良心。她好意问她自己，发现自己是两个人：一个用理性推理的女人和一个用感情感觉的女人，一个苦痛的女人和一个不愿意再苦痛的女人。她追思童年的快乐，这童年没有让她觉得幸福就悄悄的流逝了，现在却成堆的给她送回清净的影像，这影像好像要给她揭露适合社会风尚而事实上可怕的婚姻却好像对人欺罔似的。她的青春的贞洁，她的抑制了的欢乐，她为社会而做下的牺牲，这一切的一切都有什么用处呢？虽然她的一切都表现着、等待着爱情，但是她却自问为什么她现在倒需要动作、微笑和温存的调和？她不喜欢感觉自己是新鲜多情的，正如人家不喜欢重复没有目的的声音似的。她的美丽本身甚至于都是她所不能忍受的，好像一个毫无用处的东西似的。她惊愕的瞥见从此之后她不能够再当一个完全的女人。在这充满生命快乐的新闻里，她的内在的自我不是损失品尝各种印象的机能了吗？将来她的大部分感觉一定要即生即灭，许多从前曾经使她感动的情绪将要变得毫不相关。躯体上的童年过去了之后，就来了心灵上的童年。原来，她的情人已经把这第二个童年带到坟墓里去了。她的欲望还是年青的，她已经没有了给生活上的一切赋上价值和意义的整个的年青的灵魂。她不是要在自己身上保守一种悲痛的原则、疑惧的根源，可以使她的感情喜欢它们的突如其来的绿芽、它们的诱导吗？因为任何的东西都不能够再给她送回她所希望过的、她所美妙梦幻过的幸福。她的早年的诚挚的眼泪熄灭了光耀这初期心灵感情的天火，她得永远因为不能够实现她所应当有的景况而苦痛。在她相信这道理之前，她已厌烦欢乐重现的时候使她转过头去的苦味。

所以，她就跟行将就木的老翁一样的判断她的生命。虽然她还觉得年青，但是缺乏欢乐的日子的重量却降落在她的灵魂上面，粉碎灵魂，使她未老先衰。她用失望的喊叫追问社会曾经帮助她生活而为她失去的爱情可以换回什么东西。她自问在她所毁灭的贞洁的爱情里，到底她的思想是不是比行动还有罪愆。她要自己犯罪去追求欢乐，来侮慢社会，来自慰未曾跟她所痛哭的男子有过完全的交通。这种交通假定灵魂之间的重叠，减轻了还在确信曾经完全享受过幸福，曾经充分给人幸福，自己还保留有已经不存在的灵魂的痕迹的女人的苦痛。她跟没有演得好的女伶一样的不满意，因为这苦痛打击她的所有细胞、她的心坎和她的脑袋。如果她的天性在她的亲切的愿望里受了伤的话，她的虚荣心也并不比领导女人去牺牲自己的良心更少受害。然后，问了这一切的问题，摇动了社会、精神和物质的世界所赐给我们的不同存在的机关之后，她就这样的松懈了她的灵魂，甚至于在最矛盾的思考之中，她都不能够想出任何的道理。所以，有的时候，大雾降落的时刻，她就打开了窗户，毫无思想的站在那里，机械的呼吸着空气里散发着的潮湿的泥土气味，白痴一样的呆立着，因为她的苦痛的鸣响同样的使自然界的协调和思想的情趣寂然无声。

一天中午左右，正当太阳光照田野的时候，她的女仆没有得到她的命令就进来对她说：

“教士先生第四次来见侯爵夫人；今天他非常的坚决，我们都不知道怎么回答他。”

“他一定是要给区里可怜的穷孩子们募捐一点儿钱，你就替我给他拿二十五路易，带给他吧。”

“太太!”一会儿之后，女仆又回来说，“教士先生拒绝拿钱，他要跟您说几句话。”

“那么，就让他来吧!”侯爵夫人一边回答，一边做了一个幽默的姿势，这姿势预言她要怎么样悲惨的接待牧师；她无疑的要用一个简单的坦白的解释来避免他的迫害。

侯爵夫人早年丧母，她的教育自然而然的受到了革命时代在法兰西打破宗教束缚的放任主义的影响。怜悯是女人们懂得传授的一种女性的品德，侯爵夫人是十八世纪的女孩子，她的哲学思想就是她的父亲的理论。她没有履行任何宗教的仪式。在她看来，牧师不过是一个公务员罢了，牧师的用处似乎可以加以驳难。在她的地位里，宗教的声音只能够增添她的苦楚；她也不相信乡村的教士和他们的光明；所以，她就决定不寒碜的把她的教士安置在他的地位上，用富人的态度，拿一种慈善的举动来摆脱他。教士来了，他的面目并没有改变侯爵夫人的观念。她看见一个大肚皮的矮胖子，脸色红红的，又老又皱，勉强的微笑，笑得非常的狰狞；他的秃头骨和许多横切的皱纹打了一个四分之一的图形落在他的脸上，缩小了面部的面积；几根白头发装饰了颈背的颈盖的下端，又朝着耳朵这一边伸向前来。不过，这个牧师的身姿是个天性快乐的男子的体态。粗厚的嘴唇，稍微高耸的鼻孔，消失在双重皱纹里的颔部证明他有一副愉快的性格。侯爵夫人最初只看到这些基本的轮廓；但是听了牧师对她说的第一句话，她就受到了他的温和的声音的感动；她更用心的瞧他，注意到他的斑白的眉毛之下有一双流过眼泪的眼睛；再从侧面看去，他的颊部的轮廓也给他的头现出一种庄严的苦痛的表情，侯爵夫人居然在这教士身上找到一个男子。

“侯爵夫人，只有富人们苦痛的时候，他们才是属于我们的；一个年青、美丽、富裕的结了婚的女人，如果她没有损失她的儿女和她的亲人的话，她的苦痛是我们可以揣测得出来的，这些苦痛的创伤只能够由宗教来减轻。您的灵魂遇到危险了，太太。我这时候不跟您谈论等待我们的另一个生命！不，我不是在忏悔室里。但是我不是有责任来给您说明您的社会生活的前途吗？您一定可以原谅一个老年人来为您的幸福而做下一个无礼的举动。”

“幸福吗？先生，幸福已经不是我所有的了。就跟您说的一样，我不久就要归附于您，而且永远归附于您。”

“不，太太，您不能够因为压迫您而表现在您的脸纹上面的苦痛而死去。如果您得这样的死去的话，您也不会到圣兰慈来了。我们很少因为确切的遗憾而死去，多半是因为不兑现的希望而灭亡。我认得许多更难忍受、更为可怕的苦痛，它们都没有让人家死。”

侯爵夫人做出一个怀疑的姿势。

“太太，我认得一个男人，他太不幸了，要是您拿您的苦楚来跟他的苦楚相比，您的苦楚就像是很轻微的……”

也许因为她的长期的孤单生活开始压迫她，也许因为她对向一个友谊的心灵倾吐她的痛苦的想法，甚感兴味，她就用一个询问的姿态瞧着教士，她觉得这样教士不会误解她。

“太太，”牧师接着说，“这个男子是一个父亲，他的家庭从前人口很多，后来却只有三个孩子，他先后丢去了他的双亲、一个女儿、一个妻子，这两个女人都是他所心爱的。他一个人居住在外省偏僻的小农场里，他在那里幸福的生活了很长的时间。他的三个儿子都投军去了，每一个都有兵役时间的长短所应得的军级。‘百日政变’的时候，长男进了国防军，当了上校；最小的儿子当了炮兵大队队长，次子的军级是禁卫军的骑兵中队队长。太太，这三位儿子就跟他爱他们一样的爱他们的父亲。如果您明白青年人是怎么样的受到感情的克制、怎么样的总是没有充足的时间来献身给家庭的情爱的话，您就可以立刻懂得他们对于这位为他们活着的孤单的可怜的老年人的感情是如何的浓厚。他每星期都收有三位儿子中的一个孩子的一封信。但是，他从来也没有使他们觉得他虚弱（这会使孩子们减低他们对他的尊敬），觉得他无理的严厉（这会使他们伤痛），觉得他吝啬不肯牺牲（这会使他们离开他）。不，他不只是他们的一个父亲，而且是他们的一个弟兄、一个朋友。最终，他们动身到比利时去的时候，他就到巴黎去跟他们告别；他要看见他们到底是不是有良马，是不是没有缺乏任何的东西。他们走了，父亲也就回到家里来了。战争开始了，他收到了他们在福勒律斯和李凝所写的信，一切都很顺利。滑铁卢战役爆发了，您知道这战役的结果。法兰西立刻得了辱国之耻，所有的家庭都异常的忧愁。他，您懂得，太太，他老等着。他既不停息，也不休止；他阅读了所有的报纸，每天都亲身到邮站去。一天黄昏，人家告诉他上校儿子的仆人来了，他看见这个人骑在主人的马背上，他也用不着追问了：上校已经死了，被一颗炮弹炸成两段。黄昏将要结束的时候，最小的儿子的仆人也步行到来了；这孩子在战役的第二天死去。最后，半夜的时候，一个炮兵来告诉他最后一个儿子的死亡。这位可怜的父亲把自己的整个生命放在这个儿子的头上，但却只有这么短的时间。是的，太太，他们都为国牺牲了！"

歇了一会儿之后，克制了情感的牧师又用温和的声音加上几句话说：

"然而这父亲还活着，太太。他懂得，要是上帝留他在地上的话，他得继续在这里受苦，他受苦；但是他却投进了宗教的怀抱。他能够当什么样的人呢？"

侯爵夫人举起眼睛朝着教士的脸孔，教士因为悲痛和谦虚而显得高雅，她等待着使她感动流泪的这句话：

"当牧师，太太，当他伏在祭坛前面变成神圣之前，他已经被眼泪所圣化好了。"

寂寞统治了一些时候。侯爵夫人和教士都从窗口眺望云雾朦胧的地平线，好像他们可以在那里看到已经不存在的人物似的。

"不是城市的牧师，只是简简单单的本堂教士。"他接着说。

"圣兰慈的本堂教士。"她一边说，一边拭干眼泪。

"是的，太太。"

苦痛的尊严从来没有这样伟大的表现在珠丽面前；"是的，太太"这句话也就像无穷的苦楚的重量似的压在她心上。这声音虽然是温和的进入她的耳鼓，却搅扰了她的腑脏。啊！这的确是不幸的呼声，这声音是充实的、沉重的，好像是盗出了钻心的流质。

“先生，”侯爵夫人几乎是敬重的说，“要是我不死的话，那么，我要变成什么样子呢?”

“太太，您不是有个孩子吗?”

“是啊。”她冷淡的说。

教士用医生投射向危急的病人的目光朝着这个女人投去，他决定要尽一切的努力跟那个已经伸手到她身上的恶魔争夺这个妇女。

“您看得出来，太太，我们得忍痛活着，只有宗教能够给我们真正的安慰。请您允许我再来让您听见一个懂得同情一切苦楚的人的声音，我相信这个人没有什么可怕的，可以吗?”

“可以，先生，您就来吧。我谢谢您想到我。”

“那么，太太，再见吧。”

这一次的访问松散了侯爵夫人的心灵，她的力量此前已经因为悲哀和孤单的生活而过分剧烈的激动。牧师给她的心灵留下一种树脂香和一种带有拯救性质的宗教的语言。她心里感到满足，就像囚犯认识孤独的深度和铁链的重量之后，遇到一个邻人敲打狱墙，让他听到表达共同思想的声音似的。她意外的得到了一个知己。但是一会儿她又堕进了她的痛苦的沉思里，正像囚犯似的对自己说：一个患难的朋友既不会减轻她的缚束，也不能够抚慰她的将来。

教士不愿意第一次访问就过分的攻击一种自私的苦痛；谢谢他的技巧，他希望能够在第二次的会谈里使她在宗教方面有些进步。第二天他果然又来了，侯爵夫人对他的欢迎证明他的访问是她所冀望的。

“呃，侯爵夫人，”老年人说，“您稍微想到人类苦痛的范围没有？您仰起眼睛看着上天没有？您在那里看到万千的广阔的世界缩小了我们的重要性，粉碎了我们的虚荣心，减轻了我们的苦痛了吗？……”

“没有，先生，”她说，“社会的律则过分压迫我的心灵，过分裂碎我的心，使我不能够升上九天。但是，律则也许还没有社会的风俗习惯那样的残酷。噢！社会！”

“太太，我们得顺从两者：律则是一句话，风俗习惯是社会的行为。”

“顺从社会吗？……”侯爵夫人露出一个厌烦的姿势，接着说，“呃！先生，我们的一切苦痛都是从这里来的。上帝并没有定过任何一个不幸的律则；但是人类居住在一起的时候，他们就误用了上帝的工作。我们，我们这些女人，我们受到文化的虐待要比受到自然界本性的束缚还要厉害。本性给我们强加上一些身体上的苦楚，是我们没有方法减轻的，文化给我们发展了您常常误会的情绪。本性抑制了柔弱的人物，您却责罚他们活着受罪。婚姻制度是现在社会的基础，它使我们自己感觉到它的所有重量：男人所有的是自由，女人所有的却是责任。我们得一辈子对他们尽责，他们却只在简短的时期里对我们负责。总之，男人可以在我们盲目服从的地方有个选择。噢！先生，我可以对您说所有的话。唉，现在所实行的婚姻制度在我看来简直是一种合法的罪恶。我们的苦痛都是从这里来的。但是，在这些这样结合的不幸的女人之中，只有我一个人得保守缄默！只有我一个人是不幸的制作者，因为我自己愿意保住我的婚姻。”

她停口不说了；她抛下眼泪，沉默了。

“在这悲惨的深渊里，在这苦痛的洋海里，”她又接着说，“我居然找到了一些沙滩，让我安放我的脚，让我自由受苦；然而一阵飓风却吹走了一切。现在我是单独一个人，毫无依靠，抵抗风波的力量未免太弱了。”

“上帝跟我们在一起的时候，我们绝不会是软弱的，”牧师说，“而且，要是您在这世上没有情感让您满足的话，您不是在这里有许多责任让您来完成吗？”

“老是许多的责任！”她不耐烦的喊，“但是我哪儿来的情感可以使我有力量来完成它们呀？先生，一报还一报是精神上、物质上最正确的律则。您愿意让这些树木没有滋养的液汁就产生许多树叶吗？灵魂也有它的液汁！在我这方面，液汁的源泉已经干涸了。”

“我并不是对您说产生谦卑品性的宗教的情绪，”教士说，“而是说母爱的情绪，太太，它难道不是……”

“别再说了，先生！”侯爵夫人说，“我可以对您真诚。唉！我从今之后不能够对任何人真诚了，人家责骂我虚假；社会要求我们不断的做出鬼面，叫我们顺从它的习惯，不然的话，就拿侮辱来责罚我们。先生，母爱有两种。我从前不知道它们的分别；现在我知道了。我只是一半的母亲，最好是整个的不是母亲。黑莲不是这母亲的女儿！噢！您听了别害怕！圣兰慈是个深渊，这里消灭了许多假情绪，这里发出了悲惨的微光，这里崩坍了脆弱的反自然的律则的大厦。我有一个女儿，这就够了；我是一个母亲，这是律则所要求的。但是您，先生，您有这样悲天悯人的灵魂，您也许可以了解一个没有让任何人为的情绪钻进心灵的可怜的女人的呼声。上帝会判断我的，但是我不相信在他给我的灵魂注入感情之前让步是违反他的律则，我就是我在这桩事里所找到的情形。先生，一个孩子难道不是两个人的影像、两个自由混合的情绪的结晶品吗？如果这孩子不连接一切躯体的细胞，不连接一切心灵的柔情的话，如果他不能让人回忆这两个人的甜蜜的爱情、他们的幸福的时刻和地点、他们的充满人类音乐的语言、他们的甘美的思想的话，这孩子就是白生的。是的，在这两个人方面，他必得是一个悦人的缩图，可以让人看到他们的秘密生活的诗章；他必得给他们献出丰富的感情的源泉，既是他们的整个的过去，又是他们的整个的将来。我的可怜的黑莲是她的父亲的女儿、责任和偶然的女儿；她只在我身上遇到女人的本能，无可抵抗的逼着我们保护我们翼下所生的小生命的律则。我是无可垢病的，从社会的观点上看来是如此。我不是为她牺牲了我的生活、我的幸福吗？她的哭泣撼动了我的五脏；要是她落在水里的话，我一定会快步跳去解救她。但是她并不存在于我的心灵。啊！爱情使我梦想一种更伟大、更完全的母爱；我曾经在消失了的梦境里抚摸过我的欲望在她未生之前即已怀念的孩子，没有出生之前就在灵魂里生长的甘美的花朵。我之对待黑莲只是一个母亲之如何顺从自然的律则去对待她的儿女。当她不再需要我的时候，所有的话也就说完了：原因毁灭了，结果也就没有了。要是女人有可敬的特权去施展她的母爱到儿女的整个生命里面的话，她不是得把这神圣的情绪的永存归功于她的道德观念的光辉吗？当孩子一生来就没有她的母亲的灵魂时，母爱就在她心里熄灭了，就像它在动物的心里消失似的。这是真的，我觉得：随着我可怜的小姑娘的长大，我的心也就缩紧了。我对她所有的牺牲已经使我离开了她，然而要是为着另外一个孩子的话，我觉得我的心灵一定是不会干涸的；为着这另外一个孩子，任何东西都不能算是牺牲，而是快乐。这里，先生，理性、宗教、我身上的一切都没有力量来抵抗我的情绪。一个既不是母亲也不是妻子的女人，一个看到爱情的无限的美丽、看到母爱的无穷的快乐的女人，要是她愿意死的话，这难道是错误吗？她会变成什么样子的呢？我，我要告诉您她的企图！一道战栗一天一百次、一夜一百次的摇动了我的头脑、我的心灵和我的身体，只要几道微弱的回忆就会给我带回我所想象的应当更为伟大的幸福的影像。这些残酷的幻想使我的情感萎靡，我也就对我自己说：‘我的生命要变成什么样子的呢？如果……’”

她拿双手掩住她的脸，哭了起来。

“这就是我的心绪！”她接着说。“他的一个孩子会使我接受可怕的不幸！为世人担负一切罪愆而死去的救世主会宽宥我这思想，这思想会要我的命；但是我知道社会是不会谅解的。社会认为我的话语都是侮慢上帝的言辞；我凌辱他所有的律则。啊！我真要跟这社会宣战，来改革或破坏它的律则和它的习惯！它不是已经损毁了我的所有思念、我的所有细胞、我的所有情绪、我的所有欲望、我的所有希望、我的将来、我的现在、我的过去吗？在我看来，白天是阴沉的，思想是利剑，我的心是创伤，我的孩子是虚无。是的，黑莲跟我说话的时候，我就要她有另外一个嗓音；她瞅我的时候，我就要她有另外一双眼睛。她就在那里给我证明一切应当有而没有存在的东西。她是我所不能忍受的。我对她微笑，我想方法赔偿她她被我偷窃去了的情绪。我苦痛！噢，先生，我太苦痛了，我简直活不了了。然而我却会永远是一个有德性的女人！我没有犯过罪！人家会尊敬我的！我曾经抵抗过我不应该退缩的不由自主的爱情；但是，要是我保守了肉体上的贞操，我是不是也保留了我的心呢？这个心，”她一边说，一边拿她的右手放在怀上，“从来就只属于一个人。所以我的孩子并没有弄错。世界上存在有一种母亲的眼色、声调和姿势，它们的力量可以使孩子们的灵魂萎靡；当我瞅着我这可怜的小姑娘，对她说话或是抱她的时候，她都没有感觉到我的手臂颤动、我的声音发抖、我的眼色黯淡。她给我投来谴责的目光，是我所不能忍受的！有的时候，我发现她就是审判我而没有让我听到判词的审判官，我也就不禁发起抖来了。但望上天不要把仇恨放在我们的中间！上帝啊！您还是给我打开坟墓，让我在圣兰慈了结我的生命吧！我要到另外一个世界去重新找到我的另外一个灵魂，去当一个完全的母亲！

噢，请您原谅我，先生，我发疯了。这些话都逼死我了，我已经把它们都说了出来了。啊！您也哭！您并不看轻我！——黑莲！黑莲！我的女儿，来！”她用一种悲怆的声调喊着，听着刚从散步场回来的孩子说话。

小姑娘边笑边叫的走来；她拿着一只她刚捉到的蝴蝶；但是一看见她的母亲流泪，她就安静了下来，走到母亲身边，让人家吻她的额头。

“她将来一定是很美丽的。”牧师说。

“她跟她的父亲完全一样。”侯爵夫人回答说，用热烈的表情亲吻她的女儿，好像要偿清一笔债务或是清除一个悔疚似的。

“您真热啊，妈妈！”

“去吧，让我们在这里说话，我的天使。”侯爵夫人回答说。

孩子毫无歉意的走开！连瞅都没有瞅她的母亲，好像欣幸能够躲开一副悲愁的脸孔似的，她已经懂得这脸孔所表露的情绪是违反她的意向的。微笑是母爱的采地、母爱的语言、母爱的表情。侯爵夫人不能够微笑。她红着脸瞅着牧师：她希望装出做母亲的模样，但是她自己和她的孩子都不懂得撒谎。事实上，一个诚实女人的接吻就像是神圣的蜜液，似乎要给这种抚摸放上一个灵魂、一道钻进心坎的灵火。缺乏这种甘露的接吻是苦涩的、干燥的。牧师察出了这种分别：他测出了分隔肉体的母爱和心灵的母爱之间的深渊。所以，给这女人投去一道质问的眼色之后，他就对她说：“您说得对，太太，您还是死了的好……”

“啊！您了解我的苦楚，我看得出，”她回答说，“因为您是一个基督教的牧师，您猜得透，您可以同意这些苦楚所给我感应的悲痛的决心。是的，我希望死；但是，我缺乏必要的勇气来结束我的命运。我的灵魂强壮的时候，我的身体就懈怠了；我的灵魂衰颓的时候，我的手就不再颤动了。我不知道这争斗和这变迁到底是什么缘故。我不幸的确是个女性，我没有坚强的意志，我只会爱恋。我轻视我自己！夜里我的仆人们都睡着的时候，我很勇敢的走到水边去；但是到达的时候，我的脆弱的天性又害怕毁灭。我认识我的弱点。当我又回到床上的时候，我又自愧，我又变成勇敢的了。其中有一个时刻，我喝了鸦片药酒；但是我却受了苦，没有死。我自以为喝了一整瓶，但是事实上我只喝了一半。”

“您完啦，太太，”教士用带泪的声音严肃的说，“您会回到社会里去，您会瞒骗社会；您会在那里寻觅找到您认为可以补偿您的苦楚的东西；然后有一天，您就可以带来您的欢乐的苦痛……”

“我，”她喊道，“我会第一次利用懂得扮演爱情喜剧的奸计就献出了我的心灵最后的宝藏，为着一时的虚无缥缈的欢乐而腐化了我的生活吗？不！我的灵魂要让一团纯洁的火焰烧毁了。先生，所有的男人都有男性的感觉；但是一个有灵魂的男子，一个懂得满足我们的天性的要求的男子，一个只在情绪的压迫之下动乱调和的有情调的男子，我们不能够在我们的生活里两次遇到这种男人。我的将来是可怕的，我知道：没有爱情，女人就等于零，没有欢乐，美丽就等于空；但是，要是幸福还降临到我身上的话，社会会摒弃它吗？我得给我的女儿当个体面的母亲。啊！我简直是堕进了一个线圈里去了，我不能够不受侮辱而再跳出圈外。没有补偿的女人的责任会使我烦扰；我会咒骂生活的；但是我的女儿至少还有她的母亲的一副美丽的外貌。我可以交还她德性的宝藏来弥补我要横夺她的感情的宝藏。我甚至于都不希望品味孩子们的幸福所给母亲们的快乐。我不相信幸福。黑莲的命运要变成怎么样的呢？我的命运是注定了的。做母亲的人有什么方法可以给她们的女儿们保证她们所要归附的男子一定会是她们的心爱的丈夫呢？您公然辱骂那些为着几个厄古钱而把自己卖给一个过客的可怜虫：饥饿和需要可以宽宥这些暂时的结合；同时，社会也允许鼓励一个诚实的少女跟一个她还没有看见过三个月的男子立刻结婚；她其实是终身的出卖了。当然价钱是提高了！是的，你们虽然没有答应她任何可以补偿苦痛的东西，你们却尊敬她；但是不，社会倒要诽谤我们之中最有德性的女人！这就是我们的命运，从两方面看到的命运：一方面是一个公开的卑贱和侮辱，一方面是一个秘密的卑贱和苦痛。至于没有嫁资的穷苦的女人呢，她们就发疯了，她们就死去了；她们没有得到任何的怜悯！美丽和德性都没有人肉市场上的价值，而你们也管这社会叫做自私主义的巢穴！但是，请你们剥夺女人的权利吧！至少也请你们完成一个自然的法则来抽选你们的伴侣，让她们依照自己的意向来嫁人。”

“太太，您的话给我证明您既没有家庭的观念，也没有宗教的精神。所以，您不会在伤害您的社会自私和使您愿望欢乐的个人自私之间犹豫……”

“家庭，先生，还有家庭吗？我否认在一个父母死去就分了财产各走各的路的社会里有什么家庭。家庭是一个暂时的结合，死亡可以立刻分散家庭。我们的法律已经粉碎了家庭、继承和传统的榜样的永久性。我在我身边看到残废。”

“太太，您只会在上帝的手压在您身上的时候回到上帝这边来，我希望您有相当的时间去跟他和解。您低下眼睛要在世上去寻找您的安慰，而不肯仰起头来朝向上天。诡辩的哲学和个人的利益已经打击了您的心；您没有听见宗教的呼声，就跟这个没有信仰的世纪所有的孩子们一样！人世的欢乐只会产生苦痛。您不过是换汤不换药的去换上另外一套苦痛罢了。”

“我会反证您的预言，”她苦笑的说，“我会忠实于那个为我而死的人。”

“苦痛，”他回答说，“苦痛只能够在宗教所预备的灵魂里养成长大。”

他恭敬的低下他的眼睛，让人家看不出他的眼神里可以表现出来的疑惑。侯爵夫人所发出的怨恨的力量使他伤怀。认识了万千方式的人类的“自我”，他很失望不能够使这个因为苦痛而干涸、不为苦痛而软和的心灵变得柔和；天上的“播种人”不应当在这心灵上播种，因为他的温和的声音却在这里让可怕的强大的自私的呼声关住了。不过，他还施展使者的毅力，重新来了好几次，他总是希望能够使这个高贵骄傲的灵魂转向上帝；但是当他看出侯爵夫人只因为要在谈论死去的情人里寻安慰才喜欢跟他闲谈一天，他也就失去了他的勇气了。依他的职务，他不愿意再屈尊来讨得一个谈论爱情的女人的欢心，他不再跟她会谈了，渐渐的只跟她来一些一般的寒暄。

春天来了。侯爵夫人在深沉的悲痛里找到她的消遣，忙着到田地里去闲游，窃喜能够在那里下令做一些工作。十月的时候，她离开了她的老圣兰慈别宫。她已经在这苦痛的空闲的生命里重新获得了鲜艳美丽。这种苦痛最初是剧烈的，好像用力掷出的圆板似的，终于在悲哀里弱化了，好像圆板的摆动渐渐的弱了下去，停止了似的。悲哀也是许多类似的精神摆动所组合而成的，最初的摆动接着失望，最后的摆动接着欢乐：青春的时候，它是清早的曙光；老年的时候，它是黄昏的薄明。

四轮轻马车驶过乡村的时候，侯爵夫人受到教士的敬礼，教士刚从教堂出来要回到牧师住宅里去；但是，她给他回礼的时候，却低下了眼睛，转过了头，免得再看到他。牧师实在有充分的道理来反对这个可怜的埃菲斯·阿尔德米斯。

一八三四年八月十五日于巴黎

三、三十岁的年纪

一个极有希望的青年人到飞美安尼夫人家里去参加跳舞会。他是一个富有历史性的家庭的后裔。这种家庭的名声无论受哪一种法律的限制，都永远跟法兰西的光荣有密切的关系。这位贵妇曾经给他写过几封信，把他介绍给她在拿波尔的两三个女朋友。年青人名叫王地尼斯·查礼，他来给夫人致谢、告别。

王地尼斯精明强干的完成了几次使命之后，最近就当了国家派遣到拉伊巴哈①去参加会议的一个全权公使的随员，他希望能够利用这一次旅行的机会去研究意大利。

所以，这一次的跳舞会可以说是离开巴黎的繁华、紧张的生活、沸腾的思想和欢乐的告别会。这些东西是人家所常咒骂的，然而却是这样的甜蜜，实在叫人舍不得。

三年以来，王地尼斯·查礼已经顺着他的外交家的偏好而惯于给许多欧洲的都市致敬，再离开它们，所以他离开巴黎也没有什么遗憾。女人们不再给他留下任何的印象了，这也许是因为他认为真正的爱情在一个政治家的生活里占有太多的地位，也许是

① Laybach是南斯拉夫的一个城市，这次会议正是奥相梅特尼客(Metternich)于一八二〇年所召集的。

因为他觉得忙于肤浅的风流韵事对于一个强有力的灵魂未免太为空虚。我们大家都自命不凡。法兰西的任何一个人，无论他如何的庸碌，他都要认为自己可以简简单单的变成一个聪明人。

所以，查礼虽然年青——他好不容易才三十岁，他都已经跟哲学家一般的惯于在同样年纪的年青人看到情爱、欢乐和错觉的地方去看思想、结果和手段。他把年青人天性中所有的热情和激奋埋没在他那天性仁厚的灵魂的深处。他努力让自己变成一个冷酷的计算家，学习礼仪、令人喜悦的举止、引诱人的态度、偶然所有的焕发的精神；总之，真正野心家的事业；这其实是求得达到我们现在所谓的好地位的目的的悲惨的把戏。他给跳舞厅投去一道最后的目光。

无疑的，他要在离开跳舞会之前带走一个印象，正如一个观客没有看一眼最后的图景前绝不离开音乐厅的包厢似的。但是，王地尼斯先生也同样的因为一个容易了解的幻想，要研究一下纯粹法兰西的动作，这巴黎庆祝会的欢笑的脸孔，由于他对新的姿态的思想，把它们来比拟在拿波尔等待他的如画的景象；他计划在拿波尔逗留几天，再去执行他的职务。他好像要把这千变万化，把一眼就察看过的法兰西来跟一个新的国度相比较，他对这国度的风土人情的认识只是得自矛盾的传闻或是胡闹写成的书籍。一些相当带有诗意的思想（现在却已经变成通俗的了）涌上了他的心头，也许也不知不觉的回应着他心里的秘密的愿望。这颗心与其说是衰颓的，不如说是诛求的；与其说是萎靡的，不如说是闲散的。

“这些都是巴黎最漂亮、最富裕、最有名望的女人，”他对自己说。“这是当代的名人、演坛的名将、政界和文艺界的权威：那些是艺术家，那些是要人。可是在我看来，这只是一些小私通，一些立即灭亡的爱情，毫无意义的微笑，没有理由的轻蔑，没有光芒的目光，没有目的的浪费的精力。一切白色、红色的脸孔多半都在寻求消遣，不是追逐快乐。没有任何真正的感情。要是您只要编插合式的羽毛、新鲜的丝麻、美丽的服装、脆弱的女人的话，要是您认为您只能够触摸生命的表皮的话，这就是您的世界了。你们可以满意这些毫无意义的语言、这些悦人的面相，而不追问心灵的情绪。我，我却厌烦这些拿结婚、知县的职位、总收税官的领头当做目的的平平无奇的私通；或论到爱情方面，拿许多秘密的摆布做目的的一般人所感到羞愧的虚假的情感。我没有看见这些焕发的脸孔之中有任何一张可以给您宣示关怀思想或带有愧疚的灵魂的面目。这里，歉意和不幸都很可耻的隐藏在谈笑之中。我没有看见任何一个可以使我愿意争取、引您堕进地狱的女人。在巴黎，您得到哪儿去寻找气力呢？一把尖刀是人家拿来挂在金螺丝钉上的古董，是人家拿小刀鞘来装饰的玩意儿。女人、思想、情绪，一切的一切都是同样的情形。这里已经没有感情的存在了，因为个性已经毁灭了。地位、精神和财富都变成平等的了，我们大家都穿上黑上衣，仿佛大家都得给灭亡了的法兰西挂孝似的。我们不爱我们的夫妻。在两种情人之中，我们得排除许多的差异，我们得填补许多的距离。爱情的乐趣已经在一七八九年[①]消灭了、我们的烦恼，我们的平淡无味的风俗，都是政治系统的结果。至少在意大利，一切都中断了。那里的女人还是跟恶作剧的野兽似的、危险的妖怪似的，没有理性、没有逻辑，只有她们的癖好、她们的嗜欲，我们得跟躲避老虎似的躲避她们……”

飞美安尼夫人走来打断了这种参杂许多不可言传的矛盾的、未完成的、混乱的思想的独白。梦境的功用就存在于空泛，这难道不是一种理智的云雾吗？

---

① 法兰西大革命的一年。

“我愿意给您介绍一个女人，”她挽住他的手臂，对他说，“这个女人听了人家说到您之后，非常想认识您。”

她领他走进隔壁一间客厅里去，用一个真正巴黎人的姿势、微笑和眼神给他指着坐在壁炉角上的一个女人。

“她是谁呀?”王地尼斯伯爵兴奋的问。

“你曾经好几次称赞过她、咒骂过她的一位女人，一个生活在孤寂里的女人，一个正牌的神秘。”

“要是您平生也曾仁慈过的话，千感万谢，就请您告诉我她的姓名吧。”

“戴格曼侯爵夫人。”

“我要到她身边去学习：她懂得把一个庸碌的丈夫弄成一个法兰西的世卿、把一个空虚的男人弄成一个政治家。但是，请您告诉我，您也跟一些女人一样，认为格兰维尔爵士是为她而死的吗?”

“也许。无论是真是假，自从这一次的冒险之后，这个可怜的女人就大大的改变了。她还没有到社交场合里去过。四年的光景保持恒心，这在巴黎的确是一桩大事。您之所以看见她在这里……”

飞美安尼夫人停住口；然后，又用一种精细的态度，加上一句话，说：

“我忘了我得闭上嘴不说话，您去跟她谈谈去吧。”

查礼呆立不动一些时刻，他的背靠在门框上，端详着这个没有人注意如何变成名人而名声远播的女人。

人世常常发现有这些奇异的怪事。戴格曼夫人的声望并不比那些继续进行一种不可知的工作的人物的名声更来得特别。我们常常看见许多统计家埋头著述他要留着出版的统计书，许多政治家靠他在杂志上所发表的一篇论文来生活，许多著作家和艺术家把他们的作品保留在书夹里，许多学者跟不知任何科学知识的人在一起，好像拉丁学家斯迦那勒尔跟那些不懂拉丁文的人在一起似的，许多人在某一点上的能力得到人家的公认，或会指导艺术，或会办理一种重要的公事。“这是一种专门的学问。”这句令人敬仰的话好像是特别为这些政治界或文艺界的“无头动物”而发明的。

查礼比他原来所希望的还花了更多的时间来细察，他不大高兴为什么自己会这样忙于关心一个女人；但是这位女人的在场也使这年青外交家否定了一刻钟之前他对这跳舞会所有的看法。

那时候，侯爵夫人年纪三十岁。虽然她的身体非常的脆弱，她倒是美丽的。她那最能迷人的美轮美奂是来自她的平静的姿态，这种姿态表露出她的灵魂的惊人的深刻。她的眼睛充满光辉，然而却像是盖有一层永恒的思想，现出一种炽烈的生活和广泛的忍耐。她的眼皮总是贞洁的低向地下，很少向上仰视。如果她向周边瞟视的话，她的动作也总是悲痛的，您也一定会说她是保留她的眼火来做神秘的透视。所以，所有高超的男人都觉得非常奇怪受到这个温和沉默的女人的吸引。如果精神是在揣测在她身体里从现在追溯已往、从社交的生活朝向孤单的生活的永恒的反动的话，灵魂也并不缺乏兴趣来了解一个以苦痛为骄傲的心灵的秘密。

而且在她身上，任何的东西都不否定她最初所给人感应的思想。正如所有有长头发的女人似的，她也是非常苍白的。她的皮肤极端的精致，这是确凿的微笑，说明她有真正的敏感，可以由她那一副跟中国画家在幻想的人物像上所画的细腻的线条一样的脸纹的本性加以证实。她的颈项也许太长了一点儿；但是这种颈项是最文雅的，可以使女人的头带有蛇类的波状蠢动的吸力。如果没有任何可以让观察家看出最矫饰的性格的记号的话，观察家只要注意头部的姿势和这样殊异、这样富有表现性的颈项的曲线，也就能够去判断一个女人了。

戴格曼夫人的衣着是跟统制她的人格的思想相协调的。结得宽阔的发辫在她的头上形成了一个高冠，上面没有参杂任何的装饰品，因为她似乎已经跟所有珍异的装束永远的告别了。所以，人家绝不会在她身上惊异的发现毁坏许多女人的娇艳的小装饰。不过，无论她的上衣如何的平庸，它也没有能够完全掩住她的纤腰的风韵。何况她的华丽的长袍也是特别剪裁的哩；要是我们可以在布料的排布里寻找思想的话，我们就可以说袍子的许多简单的褶子可以表现她高雅的气质。不过，她也许是拿她一举手一动脚的谨慎的动作来表现女人的不可磨灭的弱质；但是，如果她是快乐的显露她的手脚的话，她最狡猾的情敌也不容易找出她的动情的姿势，因为这些动作都像是无意发出的，或是童年的习惯的结果。这仅有的骄媚动作甚至于都得由疏忽的情态表露出来。

这脸纹的全貌，这一堆可以使女人丑陋或美丽、动人或烦人的小东西只能够在灵魂连系所有的细节，给他们印上一个甜美的统一的痕迹时，才可以表露出来，这正如戴格曼夫人的情形似的。所以，她的态度是完全符合于她的面貌和她的装束的风格的。只有在某种年龄、某些特选的女人才懂得如何使她们的姿态可以说话。给三十岁的女人、幸福或不幸的三十岁的女人这种美轮美奂的姿态的秘密，到底是悲哀呢，还是幸福呢？这将永远是依照每一个人的欲求、希望或理论系统而加以解释的一个话题。

侯爵夫人拿肘子靠在椅柄上的态度，她合拢每一双手的指端好像要玩耍的神气，她的颈项的曲线，她那一双好像风流粉碎在椅子里的软弱疲惫的身躯的闲散，她的腿部的自如，她的姿势的自然，她的动作的松懈，一切的一切都表现出她是一个对生活毫无兴趣的女人、一个没有认识爱情的快乐的女人、一个曾经梦幻爱情而屈服在她的回忆重压之下的女人、一个对前途或自己久已失望的女人、一个把空泛当做虚无的无所事事的女人。

王地尼斯·查礼崇拜这种伟大的图像，不过这图像是比普通女人的笔法更为老到的笔法所描绘出来的作品罢了。他认得戴格曼。第一眼瞧着他还没有看过的这个女人的时候，年青外交家就看出这两个夫妻之间的过分的不协调。或用合法的名词来说，他们之间的过分的不相容的性格。他懂得侯爵夫人实在不能够爱她的丈夫。但是，戴格曼夫人却有一个无可垢病的品行，她的德性还给所有的神秘加上观察家在她身上所能看到的更高的价值。

第一个惊异的动作过去了之后，王地尼斯就找出最得体的举止走近戴格曼夫人，他再用相当通俗的外交家的狡猾自己建议要去窘迫她，看看她如何接受这个傻举动。

“夫人，”他一边说，一边坐在她身边，“一个幸运的疏忽使我不知道是哪一种资格让我得有您这样优待我的幸福。我得大大的感谢您，因为我从来没有得过这样的恩宠。所以，您会当我的一个罪过的计算员。从此之后，我再也不怕羞了……”

“您错了，先生，”她带笑的说，“那些没有其他东西放在前面的人应当得降低他们的虚荣心。”

于是，侯爵夫人就跟这个年青人攀谈起来了。他们都顺着一般的习惯提到了许多的问题，绘画啊、音乐啊、文学啊、政治啊、人物啊、事情啊、东西啊，无所不谈。然后他们就不知不觉的转到了法兰西人和外国人所常谈的问题上面来了：恋爱、情感和女人。

“我们都是奴隶。”

“不，你们都是王后。”

查礼和侯爵夫人所说的聪明话可以从现在和将来对这问题谈论里归纳出这个简单的公式。这两句话的意思在一个指定的时刻里难道不就是“请您爱我吧。——我会爱您的”吗？

“夫人，”王地尼斯·查礼温和的说，“您让我舍不得离开巴黎，我绝对不能够在意大利再找到这样有趣的时刻。”

“您也许会有幸福的遭遇，先生，它也许要比巴黎每天晚上所说的一切聪明的思想，无论是真的或是假的，都更有价值。”

查礼给侯爵夫人致敬之前，他居然得到允许，可以让他来跟她告别。他自己估计能够用这样诚恳的态度去要求她实在是很幸福的，因为当天夜里睡觉的时候、第二天的整天，他都不能够驱散他对这个女人的回忆。

有的时候，他就自问为什么侯爵夫人这样的优待她、这样的请求要再看他；他想出许多无穷无尽的注解。有的时候，他相信找到了这种好奇的动机；于是他就沉醉于他的希望，随着他对这客气的祝愿的解释不同，有时又冷了下来，虽然他这种愿望在巴黎是这样庸俗。有的时候，他觉得这是一切；有的时候，他又觉得这是一无所有。总之，他要抵抗引他走向戴格曼夫人的倾向；然而他却又走到她的家里来。

三十岁的女人在一个年青人看来有一种不可抵抗的情趣。任何东西都不会比我们在人世上所看到的、存在于侯爵夫人这样的女人和王地尼斯这样的年青人之间的深情更为自然、更为结实、更为和谐。

事实上，一个少女总有过分的幻想、过分的缺乏经验，性的问题也太过分的混杂在她的爱情里，一个年青人实在不容易阿谀她，然而一个少妇却明白牺牲的范围。前者受好奇心或爱情以外的蛊惑的引诱，后者却服从一个良心上的情绪。前者轻易就让步，后者却有选择。这选择难道不就是大阿谀吗？少妇献身的时候，总有一种需要苦楚来付代价的知识，这种有经验的少妇好像不仅是献出了自身；然而毫无知识的轻信的少女却什么也不知道，她不能够比较任何的东西、欣赏任何的事物；她先接受爱情，再去研究它。前者教导我们，在我们喜欢让人指导、喜欢服从的年纪来劝告我们；然而后者却要学习一切。前者柔媚的时候，后者却显得幼稚。前者只要求您给她一个胜利，后者却要逼您去进行永远的战争。前者只有眼泪和欢乐，后者却只有情欲和愧疚。要一个少女当情妇的话，她如果是一个太过腐败的女子，人家也就会腻烦的抛弃了她；然而一个少妇却有成千的方法来保守她的权力和她的尊严。一个是过分的服从，她给您献出悲惨的憩息；另外一个却过分的牺牲，她不会不要求爱情化出成千的形态。一个只侮慢自己一个人，另外一个却为您的利益而牺牲了整个的家庭。少女只有一种娇媚，她以为脱下了衣裳就有了一切；但是少妇却有无数的娇媚，而隐藏在成千的布幕之下，总之她抚摸了所有的虚荣心，而初出茅庐的少女却只能够阿谀一种幻想。三十岁的少妇心里还激荡着犹豫的心情：恐怖、烦扰和风波，一个少女的爱情却没有遇到这些东西。到了这年龄，一个少妇就要求一个年青人给她恢复她为他牺牲的尊严；她只为他而活着，她关心他的前途，她希望他有美好的生活，她要他的生活充满荣光；她服从，她祈求，她追问，她低下头，又仰起头，她懂得在所有的机缘里来安慰他，然而一个少女却只懂得在这些时刻里叹息。总之，除了她的地位上的便利之外，三十岁的少妇还会装作少女的模样，扮演所有的把戏，保守贞操，甚至于可以拿不幸来美化自己。在她们两者之间，一个懂得预知、一个不懂得料事，一个强、一个弱，其间的差别是无穷尽的。三十岁的女人可以满足一切，然而一个少女却不能够满足任何的东西，不然，她也就不是少女了。

这些思念在年青人的心里发展着，在他心里组成了最强烈的感情，因为这种感情是把风俗习惯所创造的假情和天性的真情联结在一起的。

女人的生活行程里所有的最重要、最决绝的步骤刚刚好就是她们觉得最没有意义的一步。结了婚之后，她就不再属于她自己的了，她是家庭的王后，也是家庭的奴隶。女人的圣洁是跟社会的责任和自由不相符合的。解放女人，这其实就是腐化她们。给一个客人权利来到家庭的密室里，这难道不就是引狼入室吗？但是一个女人却引他到这里来，这难道不是一个错误吗？或说得更正确一点儿，这难道不是一个错误的开端吗？我们得完全接受这一个理论，不然的话，我们就得赦免爱情。一直到现在为止，法兰西的社会都懂得采取折中的办法：它嘲笑不幸。正如斯巴达人只责罚笨拙似的，它好像也允许偷窃。但是这种制度也许倒是聪明的。一般人的轻蔑是一切刑罚之中最可怕的一个，因为它可以刺入女人的心坎。女人们都保持，都应当保持受人尊敬的地位，因为没有人家对她们的尊敬，她们就不存在了；所以，这是她们所要求于爱情的第一个情绪。她们之中最腐化的一个人也会在一切之前先出卖她的前途来请求赦免她的过去，而使她的情人了解她愿意拿不可抵抗的幸福来交换社会所拒绝她的荣光。没有任何的女人在第一次接待一个年青人而单独跟他留在一起的时候不会想到这些念头，尤其是当他是个非常聪明、非常良善的青年，就像王地尼斯·查礼一般。同样的，很少的年青的人不会在允许他们去爱慕像戴格曼夫人这样聪明不幸的美妇的万千的思念上许下一些秘密的愿望。

所以，侯爵夫人听见人家报告王地尼斯先生到来的时候，她就不禁发起抖来了；同时查礼，他，他也几乎害起臊来，虽然外交家习惯上是如何的镇静。但是侯爵夫人一会儿就采取了亲热的态度，女人们往往躲在这种态度里，觉得人家误会她们有虚荣心。这种态度驱走了所有的顾虑，而用礼貌的形式来减轻情绪，成为情绪的一部分。女人们能够在这种混乱的地位里顺其所欲的长时间保持原来的态度，这地位就像是十字街头似的，可以引人生出尊敬、漠不关心、惊异或爱恋的各种不同的情绪。

只有到了三十岁的年纪，一个女人才懂得这种情景的富源。她懂得在这里欢笑、打趣、动情而不至于受害。这时候，她占有一种必要的技巧，能够触动一个男人的所有感觉的丝弦，去研究她所弹出的声音。她的缄默是和她的语言同样的危险的。您绝对揣测不出这年纪的她是诚实的还是虚假的，她是说笑话还是真的负责她的祝愿。给您权利让您跟她一块儿奋斗之后，她又突然用一句话、一个眼神或她自知有力量的一个姿势来结束战争，放弃您，继续统制您的秘密，轻松的用一句笑话来杀害您、关心您，同样您也受到了她的柔弱和您的强壮的保护。

虽然在这第一次拜访的时候，侯爵夫人就站在这中立的地带上，但她却懂得在那里保持女人的最高的尊严。她的秘密的苦痛总是飞翔在她的虚假的快乐上面，好像一朵轻浮的云霞部分的遮住太阳似的。王地尼斯在这会谈里尝到了无名的甜味之后，就出去了；但是他还相信侯爵夫人是一个需要很多的代价才能够加以征服的难以爱恋的女人。

“这将要变成一个看不见的情绪，”他一边走，一边说，“一个可以使小野心家疲惫的交情！不过，要是我要……”

这凶恶的“要是我要！”曾经经常的毁坏了顽固的人。在法兰西，自尊心可以引人走上爱情的道路。查礼又到戴格曼夫人家里来，他相信她很高兴跟他聊天。他那时候不想天真的追求爱情的幸福，而要唱双簧戏。他竭力装出动情的神气，再冷静的分析这私情的步骤，他想法子既当情人，又当外交家。但是他是大方的、年青的，这情形应当可以引他走上一条无边的爱情的道路；因为无论是虚假的也好，是自然的也好，侯爵夫人总是比他更强。

查礼每次走出戴格曼夫人家的时候，他总继续怀疑并对她的灵魂所经过的情景加以严格的分析，这种分析甚至于都杀害了他自己的感情。

“今天，”第三次拜访的时候，他对自己说，“她让我了解她是非常不幸的女人，她的生活非常的孤单，要是没有她的女儿的话，她真情愿死。她的态度非常的谦虚。呃，我既不是她的弟兄，也不是她的忏悔师，她为什么告诉我她的悲哀呢？她爱我。”

两天之后，走出戴格曼夫人家的时候，他咒骂近代的风俗：

“每一世纪的爱情都有它的特色。一八二二年，它是理权派的。人家不像从前那样的拿事实来证明它，而是拿它来讨论、来做文章、来演讲。女人们把它归纳为三个步骤：她们先怀疑我们的感情，否认我们有她们一样的爱恋的能力，娇媚！娇媚是侯爵夫人今天晚上给我带来的真正的挑战。然后，她们就装作非常不幸的样子来激励我们的仁慈的天性或是我们的自尊心。让一个青年人去安慰一个伟大的不幸的女人，这难道不是给他一个阿谀的机会吗？最后，她们就认为这是自己的处女的癖好！她一定以为我相信她是完全新鲜的。我的好意可以变成一个超等的投机。”

但是，有一天，当他费尽了心机之后，他就问自己到底侯爵夫人是不是诚恳的；如果这么多的苦痛都可以假装出来的话，她为什么一定要装作谦卑的模样呢？她生活在深沉的孤单里，偷偷的吞下她不容易让人家从她的感叹的声调里猜想出来的悲哀。从这时刻起，查礼对戴格曼夫人就发生了一种强烈的兴趣。然而当他履行他们彼此都觉得必要而本能的遵守的约会时，王地尼斯还觉得他的情妇不但真挚，而且更为能干，他的最后一句话就是说：“真的，这个女人真巧妙。”他进来了，看见侯爵夫人还是保持她所喜欢有的态度，充满悲哀的态度；她举起眼睛瞅他，没有做下任何的动作，给他投来了一道类似微笑的汪汪的眼色。戴格曼夫人表露出一种信任的态度、一种真切的友谊，但却没有任何的爱情。查礼坐了下来，嘴里说不出任何一句话。她被一种不能言传的感觉感动了。

“您怎么啦?”她用柔和的声音对他说。

“没有什么……是呀,”他接着说,“我想到您还没有的一个事情。”

“什么事情啊?”

“可不……会议都已经结束了。”

“那么,”她说,“您原来非得参加会议不可吗?”

直接的回答是最漂亮、最甜美的爱情誓约;但是查礼并不这么办。戴格曼夫人的姿势证明她有一种诚实的友谊,可以毁灭一切虚荣的算计、一切爱情的希望、一切外交家的怀疑;她不知道或似乎完全不知道她是被人爱恋的女人;所以,当满腹狐疑的查礼朝着自己身上缩回的时候,他就不得不承认他没有做过任何的事情或说过任何一句话,可以让这个女人来想念他。

这晚上,王地尼斯先生觉得侯爵夫人还是一向的样子:简单而亲热,苦痛里有真挚,因为得到一位朋友而愉快,因为遇到一位懂得了解她的灵魂的灵魂而骄傲;她并没有超过这范围,并没有承认一个女人可以让人家诱惑两次;但是她却已经认识过爱情,还把爱情血淋淋的保留在她的心里;她并不幻想幸福能够给一个女人带来两次的陶醉,因为她不但相信精神,同时也相信灵魂;在她看来,爱情不是一种诱惑,而是容纳一切高贵诱惑的东西。

这时候,查礼又变成了青年人。他让这样伟大的性格的光辉征服了。他很愿意探知这个受命运的折磨而不是受错过的摧残而萎靡了的存在物的一切秘密。戴格曼夫人听着她的朋友请她说明她的美丽给她增加悲怆和衰痛的经过,只给他投去一道眼神;但是这深切的眼神却像是正式盟约的印信。

“别再问我这一类的问题啦,”她说,“在四年前这同一的日子,爱我的人死了,我甚至于都为他而牺牲了我的尊严的这个唯

—幸福的男人死了，他的死而且是为着拯救我的名誉。这爱情就非常年青、非常纯洁、非常富有幻想的中断了。在我献身这个命运催促我去献身的爱情之前，我曾经受过一个毁坏不少少女、空有外表的可爱的男人的诱惑。婚姻一瓣一瓣的摘下了我的希望之花。今天，我已经丢掉了这合法的幸福和这人家所谓的罪恶的幸福，而没有认识过幸福。我现在已经没有任何幸福了。要是我还没有懂得寻死的话，我至少得对我的回忆忠实。”

说这些话的时候，她并没有流泪，她低下眼睛，轻轻的绞着她用习惯的姿势叉了起来的手指。话是用简单的态度说出来的，但是她的声调却是跟她的爱情一样深沉的、失望的，没有给查礼留下任何的希望。

用三句话来翻译、用一绞手来解释这个可怕的生活存在于这个脆弱妇人心里的强烈的苦楚、这美丽头盖里的深渊以及怨怼。这四年守孝的眼泪，这一切的一切都使王地尼斯昏迷，年青人在这伟大的、高贵的少妇面前不禁缄口无言而自愧渺小了。他再也看不出她这样显著的、这样完全的物质的美丽，而看到是这样富有敏感性的灵魂。沉醉于爱情生活里的人们曾经这样奇异的梦想过、这样坚毅的呼唤过、这样热烈的追求过这个理想的人物，而他们常常在没有能够享受所有梦幻过的宝藏之前就一命呜呼的死去。总之，她最终也遇到王地尼斯，因此也跟着缄默了。

“我生病了。”她最后说了这句话，因为拿眼睛的语言来代替无力的辩论的时刻，它的重要性使她惊惧了。

“夫人，”查礼用大受感动的多情的声调回答说，“灵魂和身体，一切都很安详。要是您有幸福的话，您就会变成年青而新鲜的。您为什么不向爱情要求爱情从您身上夺去的东西呢？您的生命刚开始的时候，您却以为这是生命终了的时刻。请您相信一个朋友对您的照应。他太高兴能够让人家爱上！”

“我已经老了，”她说，“任何东西都不能够允许我不继续我已往的苦痛的生活。而且，您说我得恋爱，不是吗？唉，我既不应当，也不能够恋爱。您的友情给我的生活投来了一些甜美的味道，除了您之外，任何人都不能够让我喜欢，任何人都不能够消除我的回忆。我接受一个朋友，但是我要躲开一个情人。况且，叫我拿一颗萎靡的心去换一颗年青人的心，叫我去欢迎我已经不能够再有的幻想，叫我去招致我所不相信或我只怕丢掉的幸福，这是一桩好事吗？我也许要拿自私来回报他的忠诚，拿算计来回答他的感觉；我的回忆可以攻击他的兴奋的快乐。不，您知道，第一次的爱情是无法代替的。何况，哪一个男人愿意拿这代价来换我的心呢？”

这些话充满着可怕的娇媚，这是她最后一次的贤慧的努力。

“如果他气馁了的话，好，我就可以单独留下，保持忠实。”这思想浮上了这个女人的心头，它就像是游泳家没有让洪流漂走之前手里擒住的过分脆弱的柳枝似的。

王地尼斯听了这个决定，就不由自主的发出了一个颤抖，这颤抖比已往所有的勤勉都更有力的影响了侯爵夫人的心。最能感动女人的就是要在我们身上遇到温存的雅致，跟她们所有的同样甜美的情绪；因为在她们看来，温存雅致是真情的记号。查礼的姿势表露出一种真正的爱情。戴格曼夫人从她的苦痛力量里感到了王地尼斯的情感力量。年青人冷淡的说：

“也许您说对了，有新的爱情就有新的悲哀。”

然后，他就改了方向，谈到无关重要的小事情；不过他所受的感动是很明显的，他聚精会神的瞅着戴格曼夫人，好像是第一次看到她似的。最后，他就离开了她，动情的对她说：

“永别了，夫人。”

“再见。”她用精细的娇媚说；这种娇媚的秘密只是超等的女人所有的。

他没有回答，就走出去了。

查礼不在的时候，只有空椅子替他说话，她也就万分的懊悔，觉得自己有无数的错误。一个女人认为自己的举动不大仁慈、自己伤害了某一个高贵的灵魂时，她的爱情就大大的增长了起来。在爱情里，我们绝不要轻视恶劣的情绪，这些情绪往往可以拯救我们；女人们只能够在一个德性的打击之下跌倒。“地狱是由许多善良的意向铺成的。”这并不是说教者的一句似是而非的胡言。

王地尼斯几天没有来。每天晚上，平日约会的时刻，侯爵夫人都非常懊悔的不耐烦的等待他。写信吗？这就等于承认爱情。何况她还本能的相信他会再来的哩。第六天，仆人进来给她宣布他的到来。她从来没有这么快乐的听着人家喊出他的姓名。她的快乐都吓坏了他。

“您罚我好苦啊！”她对他说。

王地尼斯呆呆的瞧着她。

“罚您！”他重复着说，“这为什么呀？”

查礼明白侯爵夫人的意思，但是他要报复她狐疑他的时候他心里所受的苦痛。

“您为什么不来看我呢？”她微笑着，问他。

“那么，您什么人也没有看到吗？”他这样说，避免一个直接的回答。

“郎格罗尔先生、马尔赛先生、小德斯格里昂都在这里待过；前两个昨天来，后一个今天早上两点钟左右来。我相信我也还看见过飞美安尼夫人和令姐李斯杜麦夫人。”

又是一个苦痛！有些人恋爱的时候，并不用可以产生怪诞的妒忌，可以使人永远希望从爱情以外的影响上夺回爱人的猛烈的方法。这苦痛正是这些人所不能了解的。

“怎么，”王地尼斯自己心里说，“她接待过，她看见过这些称心的人物，她对他们说过话而我却一个人孤单不幸的留在家里！”

他忍住了他的悲哀，把他的爱情藏在心灵的深处，好像石沉海底似的。他的思想是人家所不能表达的思想，这些思想都跟发散杀害物类的酸醋一样的快速。不过，他的额头还蒙有一层烟云，而戴格曼夫人也服从了女人的本能，不假思索的分担了这悲愁。她并没有参加预谋她所做的罪恶，王地尼斯也看到了这一点。他谈到了他的地位和他的妒忌，好像是情人们所喜欢讨论的一个假设似的。侯爵夫人明白了一切，她受到极大的感动，忍不住流下清泪。

从此之后，他们就进入了爱情的天国。天堂和地狱是形成我们的生命在上转动的两个“点”（快乐或苦痛）的两首大诗。天堂难道不是，难道不会永远是我们的情绪的不可细加描写的无穷的图像吗？（因为幸福是独一的。）地狱难道不是代表我们可以拿来写成诗词的无限的苦痛吗？（因为这些苦痛都是不一样的。）

一天黄昏，两个情人孤寂的互相靠近坐着，他们都注目凝视穹苍的一块最为美丽的景象，阳光在内射出黄金色和紫红色的微光的一块纯洁的天景。一天之中的这个时刻，光线的逐渐演化仿佛唤起了甜美的情绪；我们的感情柔和的颤动着，我们也就品味着寂静之中不知道哪一种激动的搅扰。自然界拿空泛的景色来给我们指示幸福：当它接近我们的时候，它就邀请我们去享受它；当它离开我们的时候，它就向我们致歉。在这充满幻化的时刻里，在这配合诱惑的微光的天幕下，我们实在不容易抵抗心头的愿望，因为它们富有魔术性！于是，悲哀就消失了，快乐也就让人陶醉了，苦痛也就粉碎了。黄昏的华彩是倾心谈吐和鼓起勇气的信号。岑寂变得比说话还要危险，因为它给人送来眼睛里所反射出来的天景的无穷的力量。如果人家说话的话，最细小的一个声音也有一种不可抵抗的威力。声音里难道就没有光彩吗？眼睛里难道就没有紫霞吗？天堂不就是在我们身体里吗？我们不也就是在天上吗？

然而，王地尼斯和珠丽两个人却说了话。我们称她做珠丽，是因为几天以来，她已经让她喜欢叫他做查礼的人这样亲昵的呼唤她。不过，他们的最初的谈话题材却跟他们毫不相干；如果他们并不明白彼此的话语的意义的话，他们却甜蜜的倾听着这些语词所隐藏的秘密的思想。侯爵夫人的手就放在王地尼斯的手里，她这样的给他献出这双手而不相信这是一种恩惠。

他们一块儿斜下身子去观看润饰奇形山腹的充满白雪、冰块、灰暗的雄壮的山景；这是拿难于模仿的易逝的诗章来修饰诸天的红光黑影之间的突然的对照所填补的一张图画，这是包裹太阳的灿烂的襁褓、收殓太阳的艳丽的尸布。这时刻，珠丽的头发碰到了王地尼斯的脸颊；她察到了这轻微的接触，不禁强烈的发起抖来，而他也比她更加倍的战栗着，因为两个人都渐渐的走到了一个不可解释的危急的情景里。在这种情形之下，寂静往往使感觉生出一种脆弱的、完美的性质，只要最小的刺激都可以使人流泪。如果心灵迷失在哀怨里的话，它就使人步入悲愁的国度；如果心灵昏迷在爱情里的话，它就使人生出不可磨灭的愉快。珠丽几乎不由自主的压着她的朋友的手。这一压就像是说话，它给情人的怯懦加上了勇气。这时刻的快乐和将来的希望，一切的一切都融化在一个恩情里：第一次的抚摸，戴格曼夫人让他在嘴颊上接的一个贞洁的、温和的蜜吻。这恩宠越是微弱，它也越就有力，就越危险。为着不使他们两个人不幸起见，这里既没有伪装，也没有虚假。这是两个被所有法律的规则所隔开而由自然界的诱惑来结合的美丽灵魂的协调。这时候，戴格曼将军进来了。

“内阁改组了，”他说，“令舅参加了新内阁。所以，您很有可能当大使，王地尼斯。”

查礼和珠丽都涨红了脸，互相瞟视，彼此的贞洁又是他们之间的一个联系。两个人都有同样的思想、同样的悔疚。这是两个偷偷接吻的情人之间的可怕的联系，和刚刚杀人的两个强盗之间的联系是一样的坚强。他得给侯爵回一句话。

“我不再想离开巴黎了。”王地尼斯·查礼说。

“我们知道您的原因了，”将军装出发现秘密的精明的神气，立刻答辩说，“您不愿意离开令舅，希望人家知道您要承继他的世卿地位。”

侯爵夫人逃到卧室里去，她用这句吓人的话批评她的丈夫说：

“他也未免太傻了！”

四、上帝的旨意

毕埃夫尔河

在意大利门和桑地门的交界处，顺着通达植物园的市中心马路上，有一派可以取悦艺术家或使旅行家饱享眼福的风景。绿荫垂挂的马路接着一条冷静青绿的树径，文雅的从一块小丘陵的旁边转了出去。如果您走到了这小丘陵，您就可以看见在您的面前、在您的脚下，有一个深谷，盖满了半乡村式的工厂，没有多少的绿草，流注着毕埃夫尔河或高柏冷河的棕色的河水。

丘陵的背面有成千的屋顶，好像人群的脑袋似的拥挤着，里边隐藏着圣马尔梭镇的平民。班德思先烈祠的辉煌的圆顶、恩谷军医院的暗淡悲哀的屋盖骄傲的统制着一个小城，好像由弯曲的小街道奇形怪状的构成一层层板座的舞台似的。这两个建筑物的体质几乎是巨大的，它们压倒了脆弱的民房和谷地里高立的白杨树。

光线从窗户和回廊里透过，产生了不可解释的幻影。从这里看过去，左边的天文台就像是一个又黑又瘦的恶鬼，远处废兵养老院的灿烂的灯光在卢森堡公园的浅蓝色屋群和圣胥尔比斯教堂的灰色塔楼间发出火焰。从那里看去，这些建筑物的线条是和树叶树荫混杂在一起的，随着不断变更颜色光彩和景象的天空而幻化着。离您远的地方，许多大厦插满了天空；在您身边，荡漾的树木和山野的小径就像长蛇一般的蠢。右边，您可以从这奇景的宽阔的地面上看到圣马丁运河的白色长水帘，旁边围绕着浅红色的石块、菩提树和公仓的正牌罗马式建筑物。

那边，在最后的图景上，背负许多房屋磨坊的美城的云山的凹凸的土地就跟烟霞打成一片。然而，在一排兜围山谷的屋瓦和这一个类似空泛的童年回忆的地平线之间却的确存在有一座您没有看到的城市；这是失落在广慈医院的屋顶和城东公墓的房脊上的病痛和死亡之间的深谷里的大城。它叫人听到一个微弱的声息，就像大洋在悬崖后面怒吼，似乎要说“我在这里!”一般。

如果太阳把它的光芒投射在巴黎这一部分的景象上面的话，如果它刷净这地方的话，如果它使这些线条流动的话，如果它在那里照亮几个花琉璃窗的话，如果它使那里的瓦片生出喜悦的气象、包裹镀金的十字窗、映白墙壁、使天空变成一块透明的薄纱的话，如果天空是蔚蓝的颜色、大地是震动的话，如果钟声可以谈吐的话，您就可以在那里欣赏您的幻想永远也忘记不了的一个仙境，您就会崇拜这景象，好像迷在拿波尔、斯坦布尔或福罗里德的雄伟的景色里一般。这交响曲没有缺乏任何的调和。那里呻吟着人世的喧嗓和孤独平静的诗声、百万人物的声息和上帝的声音。那里有一个都城，躺卧在拉齐士神父墓园①的柏树之下。

一个春天的清晨，太阳使这山景的一切美丽光耀的时候，我

---

① Père Lachaise 即城东公园，为巴黎最大的墓园，因为建筑在神父的花园里，故名。

靠在一棵让风吹动鲜花的大榆树干上欣赏着。看了这靓丽超卓的景象之后，我很痛苦的想到我们甚至于都在书里看到传授给我们的对于现今我们的国家所有的轻蔑。我诅咒那些可怜的富人，因为他们厌弃我们的美丽的法兰西，要用黄金来购买轻视他们的祖国的权利，驰马来参观、拿小千里镜来察视这块变成这样庸俗的意大利门的景色。我用爱恋的心情来欣赏近代的巴黎，正在我幻梦的时候，一声接吻的声音忽然打破了我的孤寂，驱走了我的哲学思想。

在水流上面的斜坡侧道上，我发现在高柏冷桥的那一边有一个看来相当年青的女人，她的朴素是最悦人的，她的柔美的身姿好像反映着山景的愉悦的幸福。一个美丽的年青男子把一个清秀的小孩子放在地上，让我看得见，我甚至于都没有能够明白这接吻的声音是来自母亲的面上还是发自孩子的脸颊。

两个年青人的眼睛、他们的态度和他们的微笑都发出一个同样温存活泼的思想，他们非常快乐迅速的挽着臂膀，用这样融洽的动作互相的接近，他们甚至于都只看到自己，没有发现我。但是另外一个孩子却悻悻不乐的赌气着，指着他们，给我投来几道充满感人的表情的目光。这个孩子让她的弟弟一个人在母亲和这个年青人前后奔跑，她也跟她的弟弟同样的美丽、同样的秀气，但是她的姿态却更为甜美，她寂然不动的保持着一条麻木的长蛇的姿态。她是一个小女孩。

美丽女郎和她的同伴的散步有一种我也不知道的是哪一类的机械性。也许是因为消遣的缘故，他们都只在这小桥和停在马路边的车子之间的一块小空地里徘徊并常常重复他们的小举动，一会儿站住，一会儿互相的瞟视，随意嬉笑的继续进行，忽而激奋、忽而疲惫、忽而疯狂、忽而严肃的谈论。

我躲在大榆树后面，欣赏着这甜美的一幕。如果我没有惊异的发现这位胡思乱想的沉默寡言的少女脸上的许多她的年纪所不应当有的深刻思想的痕迹的话，我一定会敬重这些神秘。当她的母亲和这年青人将要走近她而就要转回头走去的时候，她多半都阴险的斜下头来，向他们投去一道她对她的弟弟所射去的同样特殊的窃视的目光。但是，每当小男孩作态要跟他们一块儿走路，他们也就抚弄着他的发环、摸着他的新鲜的颈项和他的白领饰的时候，任何的东西都不能够表现激动这眼眶略带青色的儿童脸孔的刺人的精细、狡狯的天真、野蛮的注意。

在这怪诞少女的纤细的身姿上显然有一种男性的性质。她不是在受苦，就是在思考。谁能够更正确的预言这些如花似玉的女子的死亡呢？这到底是藏在身躯里的苦楚呢，还是吞噬她们的新生灵魂的早熟的思想呢？一个母亲也许能够明白这问题。我现在并不知道有什么东西会比儿童额头上所表现的老年人的思想更为可怕，一个处女嘴唇上的亵渎神明的语言还没有这样的奇怪。

所以，这个已经懂得沉思的少女，她的呆滞的态度，她所有的罕见的姿势，这一切的一切都使我感觉兴趣。我非常好奇的研究她。我用观察家的幻想拿她来跟她的弟弟相比较，希望能够从中发现他们之间的异同。

大的孩子有棕色的头发、墨晶般的眼睛、早熟的力量，这些都是她跟年龄较小的金栗头发、蓝眼睛的弱质温存的孩子大不相同的地方。大的孩子大约是七八岁的模样，另外一个才四岁。他们穿着同样的衣服。然而，细心的看了一看，我就注意到在他们的衬衣领饰里有个无关紧要的不同，但是一会儿之后，这不同就给我揭示了一篇过去的故事、一篇将来的悲剧。这其实是一桩极小的事情。棕色头发少女的领饰上只绕着一条简单缝就的边带，然而弟弟的领饰上却配有许多绣花的装饰品。这表明一个秘密的心绪，孩子们可以在母亲心灵里看出的一个隐秘的偏爱，好像上帝的圣灵在他们心里，使他们有这种聪明似的。

金栗头发的男孩是快乐的、无忧无虑的，然而他却像是一个小女孩，因为他的白色皮肤是鲜嫩的、他的举动是温柔的、他的身姿是优美的。大的女孩虽然有力气、有美丽的脸纹、脸色有光彩，但她却像是一个多病的男孩。她的活泼的眼睛已经失去了小孩的迷人的目光的秋水一般的性质，好像跟宫臣似的受到一道内心烈火的燃烧而干涸了。总之，她的白皙有一种我也不知道是哪一类黯淡无光的橄榄色，这坚毅性格的征象。

她的小弟弟两次用动人的雅致、清丽的眼色、可以取悦画家查勒的脸部表情来给她献出他时时吹响的猎笛，但是每一次她都只用凶狠的目光来回答媚人的声音所说出的一句话："拿去吧，黑莲，你要这个吗?"

并且，这年幼的少女虽然在外表无忧无虑的脸色下显得阴沉可怕，但是当她的弟弟走近她的时候，她却会相当剧烈的发起抖来、红了脸。不过弟弟也并没有看出姐姐的忧虑，而他那夹杂有兴趣的天真也可以使人察出真正童稚的性格和已经染在小姑娘脸上而用阴云来笼罩她的人类思虑的对照了。

“妈妈，黑莲不要玩！”小孩子利用母亲和年青人缄默地逗留在高柏冷桥上的时候，埋怨说。

“让她去吧，查礼。你知道她老是喜欢埋怨。”

母亲偶然间说了这些话之后，又突然转过来，朝着年青人；这些话引出了黑莲的眼泪，她偷偷的吞下清泪，给她的弟弟投去一道我所不能解释的深刻的目光。她先用凶恶的智慧瞧一眼弟弟站在上面的斜坡，再瞧一瞧毕埃夫尔河、桥、山景和我。

我只怕让这一对快乐的情侣看见，那样一定会打扰他们的谈心；我就偷偷的缩了回来，躲在蒴藋的篱笆后面，树叶使我整个的避开了所有的视线。

我静静的坐在斜坡的高处，轮流的默视幻化的景色，我还能够从篱笆的罅隙里或我的头靠在上面跟马路一般高的蒴藋的树底下看到粗野的小姑娘。黑莲看不到我，就显出忧愁的模样；她的黑眼睛的视线溜到树径的尽头、树木的后面，用难以形容的好奇心去寻找我。我到底是她的什么东西呢？

这时候，查礼的天真的笑声就像飞鸟的鸣转似的在岑寂里荡漾着。跟他一样有金栗头发的年青美男子叫他在怀抱里跳舞，吻着他，给他费了许多唇舌，对他说了许多我们好意对孩子们说的没头没尾、含有特别意义的话。母亲看他这样的游玩，不禁微微的笑着，她也时不时的从心坎里低声吐出几句话，因为她的伴侣非常快乐的停住，用充满热火的、痴情的蓝色眼睛瞧着他。

他们的声音和孩子的声音混杂在一起，产生了我也不知道是哪一种的柔媚。三个人都是很快乐的，这甜美的情景就在这美丽的山景里散发了一种难以置信的馨香。一个带笑的美丽白皙的妇人、一个爱情的结晶品（孩子）、一个青春焕发的男子、一个清澈的天空，总之，自然界的一切都和谐地互相配合来使灵魂愉悦。我也不禁微微的笑了起来，好像这幸福就是我自己的幸福似的。年青美男子听见钟楼打了九点钟。他温柔的吻了他的女伴之后，又变成了严肃的、忧愁的样子，朝着他的二轮轻马车这一边走去；这车是由一个老仆人慢慢驶向前来的。可爱的儿童的牙牙语声和年青人给他最后接吻的响声参杂在一起。随后，当年青人登上马车的时候，呆立不动的妇人听着马车随着飞尘转向马路上的时候，查礼就跑到桥边他的姐姐那边去，我听见他用银质一般的声音对她说：

“你为什么不来跟我的好朋友说一声再见呀？”

黑莲看见她的弟弟站在斜坡上，她就给他投去一道孩子所能有的最为恐怖的眼色，用一个疯狂的动作把他推了下去。查礼在斜坡上滚着，他在那里碰到许多树根，这些树根又把他狠力朝着墙上的碎石上掷去：他在那里伤了他的额头，又唏嘘啜泣着堕进了河流的带泥的水里去。水波在他那清秀的金栗头发的头下散出成千棕色的水花。我听见可怜的小孩子的尖锐的喊叫；但是顷刻之间，他的声音就消失在泥泞之中，他也就在那里好像石投大海似的发出一个微弱的叹息，失踪不见了。闪电还没有这一幕落水戏来得快速。我立刻爬了起来，从一条小径走了下去。黑莲呆呆的愣住，发出声裂人心的嘶叫：

“妈妈！妈妈！”

母亲已经来了，她就在我身边。她是跟飞鸟一样快跑来了的。但是无论这位母亲的眼睛也好、我的眼睛也好，都没能够认识清楚孩子沉没的正确的地点。黑色的河水朝着一个庞大的地面沸腾着。这地方的毕埃夫尔河床有一丈深的泥浆。孩子一定是死去了，我们没有能够救活他。这时候因为是星期日，一切都休息了。毕埃夫尔河里既没有船，也没有渔夫。我既看不见任何一根可以拿来探测这臭气扑鼻的河流的木竿，也看不见在远处里有任何一个人。

我为什么要说这悲痛的事故或这不幸的秘密呢？黑莲也许是替她的父亲报了仇了。她的妒忌无疑的就是上帝的利剑。然而我却战栗的瞧着这个母亲。她的丈夫、她的永远的审判官不会叫她接受哪一种可怕的拷问吗？她也在身边带了不能贿赂的一个证人。儿童有透明的额头、清澈的面色；在她看来，撒谎是一道可以使她甚至于眼睛发红的光线。不幸的妇人还没有想到在家里等待她的苦刑。

她瞧着毕埃夫尔河。

一八三一年五月

“洪水之谷”

同样的事故应当会在女人的生活里产生许多可怕的影响，这是随时搅扰珠丽的爱情的一个最可怕的回音。

两三年之后，一天晚上，晚餐既毕，为父亲守制且要整理遗产的王地尼斯侯爵家里来了一位法律公证人。这不是施太因所描写的短小的法律公证人，而是巴黎的一个又粗又胖的法律公证人，一个谨慎做傻事、把脚踩上秘密的创伤而还问人家为什么叫苦埋怨的可敬的人物。如果这种人物偶尔知道他们的害人的傻事的原因的话，他们就说：“好家伙，我一点儿也不知道！”总之，这是真正愚笨的法律公证人，他只在生活里看到许多契约或证书。

外交家身边是戴格曼夫人。将军已经在晚餐完毕之前很知礼的走了，带了他的两个孩子到马路边戏院里去看戏，或是安比居喜剧场，或是快乐剧院。虽然这些歌剧可以激发情绪，然而它们却在巴黎变成了儿童的欣赏品，没有危险，因为天真的稚气总会在那里得胜。父亲没有等待饭后点心就走了，因为他的儿女逼着他要在开幕之前赶到戏院里去。

沉着的法律公证人没有方法追问，为什么戴格曼夫人送她的儿女和丈夫到戏院里去而没有陪伴他们。自从晚餐完毕之后，他就像是螺丝钉似的钉在他的椅子上。一段讨论延长了吃饭后点心的时间，仆人们也延迟来端奉咖啡。这些意外的事情花费了宝贵的时间，引起了美丽妇人的烦躁：我们可以拿前蹄击地的尚未开始赛跑的马匹比拟她。法律公证人既不认识马性，也不了解女人，他只觉得侯爵夫人是个活泼的妇女。他颇以能够和一位时尚的女人跟一个著名的政客同伍为幸，就施展了他的一切的聪明；他把拿他相当不耐烦的侯爵夫人的微笑看作是一种赞许的表示，继续他的喧笑。

家里的主人已经响应他的女伴，好几次在法律公证人等待赞颂的回答时保持沉默。但是，正在这含有深意的休息的时刻里，这怪人却瞧着炉火，寻觅他的小故事。外交家也只好求助于时间。最后，美丽的妇人就重新戴起她的帽子，预备出去，然而却没有走。法律公证人一点儿也没有看出、一点儿也没有懂得他们的意思；他很满意自己，以为的确能够使侯爵夫人相当感兴趣，把她钉在那里。

“这个女人一定要当我的主顾了。”他对自己说。

侯爵夫人站着，戴上手套，绞着手指，轮流看着跟她一同着急的王地尼斯侯爵和轻率发展一切的聪明的法律公证人。这个怪人每一次停口的时候，这一对美男女都舒了一口气，做了一个记号对自己说：“他毕竟要走了！”然而他并没有走。这是精神上的一个噩梦，终究会激动两位情人，逼着他们做出无视的举动；法律公证人对这两个情人的态度就像一条蛇对付一些小鸟似的。正当聪明的法律公证人过分详细叙述当时一个得宠的公务员迪叶如何运用卑劣的手段得到财富的时候，外交家听见挂钟响了九点钟；他看出他的法律公证人的的确确是一个应当干脆请他走的傻子，就用一个姿势断然的阻止他。

“您要火钳吗，侯爵先生?”法律公证人给他的主顾递过火钳，嘴里说。

“不，先生，我不得不请您走。太太要出去找她的儿女去，我得陪她走。”

“已经九点了！在高等社会里，时间就跟白驹过隙一般的流逝。”法律公证人说。事实上，他已经一个人单独说了一个钟头了。

他找他的帽子，又回来插足站在壁炉前面，忍不住打了一个噎，对他的主顾说话，没有看到侯爵夫人给他投来的吓人的眼色。

“咱们归结一句话，侯爵先生。事情总会了的。所以，咱们明天就可以给令弟送一张召唤状去，请求他履行契约；咱们可以先从财产清单办起，再……真是……”

法律公证人完全误解了主顾的意向，他把主顾刚给他下的指示看错了本意。这误会是太巧妙的，王地尼斯不得不勉强更正愚蠢的法律公证人的意见，因此又花费了相当的时间来继续讨论几句话。

“请您听，”外交家在年青妇女的暗示之下，最后就这样的说，“您真叫我头痛，请您明天九点钟跟我的法律代言人一块儿来吧。”

“可是，侯爵先生，我得告诉您，咱们明天不一定就能够碰到德斯罗慈先生，如果请求履行契约的状纸不在中午之前送去的话，那就要过期了，而且……”

这时候，一辆车驶进了院子；可怜的妇人听了车子的声音，就立刻转过身子来掩饰眼睛里所涌出的泪珠。侯爵拉铃叫仆人告诉来人他不在家；然而突然从快乐戏院回来的将军却在仆人的前面走来了，他一手牵着眼睛红肿的女儿，一手拉住忧郁发怒的小男孩。

“你有什么事情呀?”妻子问丈夫。

“我将来再告诉您这个。”将军一边回答，一边朝开着门的隔壁一间化妆室走去，他看见化妆室里有许多报章杂志。

急躁的侯爵夫人就失望的投身坐在一张安乐椅里。

法律公证人自以为应该跟孩子们说些和气的话，他就用娇嫩的声调对小孩子说：

“好，小宝宝，戏院里演什么戏呀?”

“《洪水之谷》。”古斯达夫喃喃的说。

“真是，”法律公证人说，“现在的著作家都是半疯子！《洪水之谷》！为什么不说《谷之洪水》呢？一个山谷很可能没有洪水，说《谷之洪水》，著作家就可以表现得更清楚、更正确、更真切、更明白。可是咱们也不必再说这个了。现在，您说洪水和山谷里怎么会演出一幕悲剧呢？您一定会回答我说，今天这种戏的主要旨趣就是在于幕景，这题目可以指明美丽的布景。您玩得高兴吗，我的少爷?”他一边说，一边坐在孩子的前面。

法律公证人追问洪水里怎么会演出悲剧的时候，侯爵夫人的女儿就慢慢的转过身子，哭了。母亲心里非常不愉快，她甚至于都没有看见女儿的举动。

“噢！是的，先生，我玩得很高兴。”孩子回答说，“戏里表演一个小孩子，他在世界上很孤单，因为他的爸爸不能够当他的父亲。所以当他走到洪水上面的桥顶时，一个一身穿黑衣服的坏胡子就把他推进水里去。黑莲看到这里就流泪哭了；全场的人都在我们后面叫唤，我的父亲就赶快带我们走了……”

王地尼斯先生和侯爵夫人两个人都愣住了，好像生了什么病，使他们没有力量去思想、去活动似的。

“古斯达夫，请您别胡说!”将军叫了起来，“我叫你们不要说戏院里发生的事情，您都已经忘记了我的话。”

“请大人宽赦他，侯爵先生，”法律公证人说，“我真不该问他，但是我并不知道这是这样的严重……”

“他不应当回答。”父亲冷酷的瞧着儿子说。

外交家和侯爵夫人似乎已经明白清楚他们突然回来的缘故了。母亲瞧着女儿，她看见她流泪，就站了起来，朝着女儿走去；然而这时候她的脸孔却紧缩着，露出许多无从减轻的严厉的记号。

“够了，黑莲!”她对女儿说，“到化妆室去拭干您的眼泪吧。”

“这小姑娘做了什么事情呀?”法律公证人说，他希望同时压制母亲的愤怒和女儿的涕泣。“她这么好看，她应当是世界上最乖的女儿；太太，我相信她只会使您快乐。不是吗，小姑娘?”

黑莲颤抖的瞧着她的母亲，她拭干了眼泪，拼命装出一副安静的脸孔，逃到化妆室里去了。

“当然啰，”法律公证人总是继续说下去，“太太，您真是个好母亲，您不会不同样的爱护您的儿女。您而且有好德性，您不会偏私不公平，这种偏私的恶果特别是我们当法律公证人的人所知道的。社会让我们经手这些事；所以我们常常看见感情的丑陋的形式一自私。这里，一个母亲要取消丈夫的孩子的继承权，来袒护她所偏爱的儿女；在另一方面，丈夫有的时候也要偷偷的留下财产，送给母亲所怀恨的孩子。于是就有许多的争斗、许多的恐惧、许多的契约、许多的反证、许多的假意售卖、许多的特别遗嘱；总之，这是一种丑事，说一句良心话，真是一种丑事！那里，一些父亲偷了妻子的财产去逍遥过日子，夺去了孩子们的遗产。是的，‘偷’是正当的字眼。我们谈到悲剧：啊！我可以给您担保，只要我们能够说出某些遗赠的秘密，我们的著作家们就可以利用它来编制可怕的中产阶级的悲剧。我不知道女人们是用哪一种力量来做出她们所愿意做的事情；因为无论她们表现上如何的脆弱，得胜的总是她们。啊！比方说，她们倒没有骗过我。我总能够猜出这些偏爱的理由，虽然人家都很客气的说这些偏爱是无从解说的！但是丈夫们却从来也猜不透，这是我对他们的一句公平的批评。您一定要回答我说这是有风致的……”

黑莲跟她的父亲一同从化妆室回到客厅里来，她用心听法律公证人说话，她懂得非常的清楚，就给她的母亲投去一道恐怖的目光，因为她的年龄使她本能的预先感觉到这环境会叫她的母亲加倍责骂她。侯爵夫人脸色苍白的用一个可怕的姿势给王地尼斯指示正在沉思细看地毡花纹的她的丈夫。这时候，无论外交家如何的熟识人情世故，他都不能够克制自己而给法律公证人投去一道怒眼。

“到这边来，先生。”他一边对客人说，一边激奋的朝着客厅前面的一间房子走去。

法律公证人战战兢兢的随他走到那里去，没有能够说完他的一句话。

“先生，”王地尼斯非常愤怒的对法律公证人说，狠力的关上了客厅的房门，让夫妻两个人留在那里，“自从吃完晚饭之后，您在这里所做的都是傻事。算了吧，请您滚蛋；您终究要惹大祸的。您要是一个特等的法律公证人的话，就请您待在您的事务所里好了；要是您偶然在社会里的话，就请您在那里识相一点儿……”

然后，他又回到客厅里来，没有给法律公证人致敬就离开了他。法律公证人惊惶失措的愣在那里一些时刻，糊里糊涂的不知道如何是好。耳朵里的鸣响停止了的时候，他觉得听见客厅里有叹息的声音、来来往往的动作、铃子猛烈的响。他只怕再看到王地尼斯侯爵，腿部就找到了平常的习惯，勉强走开，到了楼梯。

但是他却在寓所门口碰到了来给主人传达命令的几个仆人。

“原来所有的大人物都是这样的，”当他走到街里去寻找一辆两轮轻车的时候，他就对自己说，“他们要我们聊天，恭敬的请我们开话匣子；您还以为能够取悦他们，哪里有这事情！他们对您横加侮慢，把您搁在远远的，甚至于毫无拘束的把您扔在门外。总之，我太聪明了；我没有说过一句不合式、没有道理的话。真的，他叫我得识相一点儿，我没有不识相啊。呃！好家伙，我是一个法律公证人、法律公会的会员。嘿！这是大使的怪癖，这些人哪里有什么神圣的举动。明天他要给我解释我怎么在他家里只做些傻事、说些傻话。我要问他理由，这就是说我要问他理由。总之，我错了，也许……真的，我是个好人！我用不着绞尽脑汁来跟他说话！这跟我有什么相干呢？”

法律公证人回到家里来，把这个谜交给他的妻子，给她一层一层的叙述晚上发生的事情。

“亲爱的克洛达，侯爵大人告诉你说你只做些傻事、说些傻话，他倒说对了。”

“为什么呢？”

“亲爱的，我将来再告诉你，因为这不会阻止你明天再到另外的地方去闯祸。不过我还要请求你只在社会上说些有关事务上的话。”

“要是你不愿意告诉我的话，我明天就要问……”

“得啦，最笨的人也要遮瞒这些事情，你以为大使要告诉你吗？可是，克洛达，我从来没有看见你这样的糊涂。”

“谢谢你，亲爱的！”

一八三四年五月二十五日

五、两度奇遇

幻惑

在复辟政权下拥有巨资的一个从前拿破仑皇帝的传令官到凡尔赛来过几天清闲的日子，住在这里一所郊外的别墅里。别墅坐落在通达圣克鲁大街的一条道路的旁边、礼拜堂和孟特雷伊门的中间。他在宫里的职务不允许他离开巴黎太远。这个人就是我们简单的叫做侯爵或将军的。

这座别墅是从前盖来让大贵族们去偷情的地方，它有许多广阔的属地。周围的花园在左右两方面都使它同样的远离孟特雷伊门的最近的房子和这城门的近边的茅屋。所以，这产业的主人们并不算是完全与世隔绝，他们能够在离城两步路的地方享受所有孤寂生活的快乐。相反的情形，这房子的正面楼和大门却正好朝着道路。这道路从前也许很少有人来往过。如果我们想到这条路当初可以通到路易十五替罗蔓小姐建筑的精舍的话，如果我们想到好奇的人在到达这里时能够到处看出内部的装饰表明这是我们聪明的祖先的放荡生活的娱乐场的话，这假设就像是正确的。我们的祖先在受人责难的放荡生活里喜欢寻觅幽静和神秘。

一个冬天的夜晚，侯爵、他的夫人和他的儿女单独留在这荒凉的别墅里。仆人们都告假到凡尔赛去祝贺其中一个仆人的婚礼；这一天刚刚好又是圣诞节，仆人们猜想这可以使他们在主人面前得到正当的借口，就毫无顾虑的多花一些时刻去欢乐。不过，因为将军素来严守信用，这些逃工的仆人过了约好应当回家的时刻之后也并不是没有悔疚的。所以，刚打过十一点钟的时候，所有的仆人也都回来了。深沉的岑寂统治着田野，使人家可以间断听见微风吹动黑魆魆的树木的枝叶，绕着房屋鸣叫，闯进长廊。冷水洗净了空气，凝结了土地和石子路，所有的东西都有常常惊动我们的这种干燥的现象。一个迟归的酒徒的笨重的步伐或一辆回返巴黎的雇用马车的声音都特别响亮的浮荡着，可以让人在比平日更远的地方听得见。在突如其来的一阵阵旋风里跳舞的枯叶就在庭院的石块上战栗着，使得要变得寂静的夜晚发出声息。总之，这是一个严酷的冬夜，可以从我们的自私心情里引出几句袒护穷人或旅客的怨语，可以使我们特别依恋火炉的边角。

这时候，一家的人都团聚在客厅里，他们既不为还未回来的仆人担心，也不想念无家可归的人众或一个冬天的彻夜欢聚的灿烂的诗景。夫人和儿女都没有作怪诞的闲谈，他们都信任一个老兵士的保护，所以就献身给情绪不受拘束、诚挚的感情使谈论、目光和游戏焕发的时候内心的生活所产生的欢乐。

将军坐在，或说得更正确一点儿，沉埋在壁炉旁边的一张又高又阔的靠椅里。炉火非常的旺盛，散出刺人的热气，更显得外面的气候是如何的寒冷。勇敢的父亲把头靠在椅背上，略略的斜着；懒洋洋的头势表露出一种十全的安详、一种甜蜜的愉悦。安舒的手臂稍微露在椅外，凑着表达一个幸福的思想。他瞧着他的一个最小的孩子。这是一个年纪五岁的男孩。孩子脱了一半的衣服，他拒绝他的母亲来给他换上夜衣。这小不点儿不肯穿侯爵夫人有时拿来打他的衬衣或睡帽；他守住他的绣花的领饰，母亲叫他的时候就朝着母亲笑，因为他看见母亲自己也因为他的淘气而发笑。他跑去跟他的姐姐一块儿玩耍。姐姐跟他一样的天真，但却比他狡猾，说话也比较的清楚，虽然他的父母好不容易才能够懂得她的空泛的话语和混沌的思想。姐姐比他大两岁，她名叫莫伊娜，她用已经带有女性的媚态来引起不能终止的笑声，这些笑声就跟火箭一般的迸射，没有任何的目标。但金栗色的头发，互相冲撞那带有天生的笑声的美丽的脸孔，一个父亲，尤其是一个母亲，自然就了解这些灵魂；在他们看来，这些灵魂已经有了他们的特性、他们的感情。这两个天使的秋水一般的活泼的眼睛、光亮的双颊、白皙的肤色都使他们在上跌倒、翻转、扭打，使没有危险的碾滚的柔软的地毡的花纹减色，这地头就是他们的嬉戏的舞台。

母亲坐在她的丈夫对面壁炉的另外一个角落旁边的一张可以容纳两个人的长椅上，她穿着一身散乱的衣服，手里拿着一只红鞋，态度非常的闲适。她的严厉的表情消失在嘴唇上的和蔼的微笑里。她的年纪差不多三十六岁，她还保留有罕见的完美的脸纹所生的美丽；这时候的热气，光亮和幸福都使这脸孔发出一道超自然的光彩。她常常停止不去注视她的儿女，而张着一双媚人的眼睛瞧着丈夫的严肃的脸孔；有的时候，夫妻的视线偶尔遇着，他们也就交换了无声的快乐和深刻的思念。

将军有一副深灰色的脸孔。他的额头是宽阔而洁净的，上面覆有几根斑白的头发。蓝眼睛的英俊光泽和清瘦的皱颊上所表现的勇敢的神色都给我们说明他曾用辛苦的工作去换得挂在上衣钮洞里的红色绶带。这时候，两个孩子所表露的天真有趣正好反映在他这坚毅的身姿上，这身姿的慈祥和诚实是一般的语言所不能够形容的。年老的军官没有花费多少的力量就返老还童了。

更远的地方有一个十三岁模样的男孩在挂灯照耀的一张圆桌前面快速的翻阅一部大书。这挂灯的光芒正好跟壁炉台上的苍白的烛火争艳。弟弟和妹妹的叫声都不能够使他散心，他的脸孔表露着青春的好奇。这聚精会神的阅读可以拿《一千零一夜》的迷人的故事和中学生的制服来解释。他屹然不动的保留一种默思的态度，一只肘子靠在桌子上，脑袋托在手里，白嫩的手指插在棕色头发的中间。光线垂直的落在他的脸上，身体其他的部分都是漆黑的。他很像拉发埃尔拿来表现自己的斜头凝思的自描黑像。

在这张桌子和侯爵夫人的中间有一个美丽高大的少女坐在织绣机上工作着，她的脑袋一上一下的朝着织绣机摆动，梳得精致的黑色发辫反射出光芒。黑莲一个人就是一幕戏景。她的美丽有一种健康美的罕见的特色。虽然她的发辫是反梳的，可以画出脑袋周围的鲜明的线条，她却是非常丰满的，甚至于都能够抵抗梳子，让头发自己鬈在颈项上面。她的整齐的厚眉毛切断了洁净额头的白晕。她的上唇甚至于都有许多勇敢的记号，在一只希腊式的鼻孔下露出一道浅灰的颜色，这鼻孔的轮廓也是十分俊秀的。但是迷人的圆体态，其他纹路的诚实的表情，透明的肤色，嘴唇的柔软，蛋形的脸孔，尤其是处女的神圣的眼神却给这健康美印上女性的温柔——我们向这些和平的爱情的天使要求的悦人的娴雅。不过，这少女身上却没有任何虚弱的成分，她的心应当跟她的体态同样的甜蜜，她的灵魂应当跟她的面貌同样的强健。她也学着她的中学生弟弟，保守缄默；她似乎也有少女所有的一种不可避免的默思，这种默思往往是父亲，甚至于母亲所无从探测的，我们很难知道到底是不是应当把她脸上类似青天白云的情态归功于光线的作用或是秘密苦楚的效果。

夫妻两个人这时候完全忘记了这两个年纪较大的孩子。不过，将军的疑惑的目光却曾好几次投射到这寂寞的布景上，这布景在

第二层背景上文雅的实现了描绘在这张家庭图景之前的童稚哄动里的希望。这些人物用细小的差别去解释人类的生活，凑成了一篇生动的诗歌。客厅的装饰品的奢华、不同的态度、各种颜色的衣服、各种年纪和火光所照耀的脸形，这一切的一切都给这人生的图书提供雕刻师、画家和作家所要求的丰富的材料。总之，岑寂和冬天、孤单和夜晚都给这纯朴高超的组合、自然的甜美效果加上了他们的威严。家庭的生活充满了神圣的时刻，他们那难于形容的蛊惑也许是憧憬另外一个美轮美奂世界的结果。天上的光辉无疑的射落在这目的在于补偿人类的一部分悲哀并使它能够生存的布景上面。整个的宇宙好像就在我们的前面露出一个悦人的形状，展开它的伟大的思想，社会的生活也好像在谈论将来为它的律则辩护之事。

不过，无论黑莲如何在阿柏尔和莫伊娜爆发快乐的时候给他们投去动情的眼神，无论她如何在窃视父亲的时候在自己的光亮的脸孔上画出幸福的图像，然而，一道深长的哀怨却印在她的姿势、她的态度里，尤其是印在她那一双蒙有长眼皮的眸子里。火光射透她的洁白有力的手，使这一双手生出血流一般的透明的红润，噢，这一双手，她的这一双手却战栗了。只有一次，她的眼睛碰上了侯爵夫人的眼睛，然而倒并没有互相的嫌弃与埋怨。这两个女人于是就依靠她们的眼睛来互相了解了；黑莲的眼睛是黯淡无光而恭敬的，母亲的目光是阴沉而刺人的。黑莲立刻低下眼睛瞧着织绣机，迅速的挑针，好久都不敢抬起头来，好像她的头已经变得十分笨重。

母亲是不是对她的女儿过分的严厉呢？她是不是认为这严厉是必要的呢？她是不是妒忌黑莲的美丽呢？（她还可以拿服装的威严来跟黑莲争艳。）女儿是不是跟多数明慧的女儿似的发现了这位表面忠于职守的女人自以为能够跟埋在墓里一样藏在心里的秘密呢？黑莲已经到达了贞洁的灵魂超过了情绪应该停留的正当界限的年龄，有的人把错过看得跟罪愆一样的严重；他们的幻想于是就反应在他们的良心上，年青的少女们于是就依据她们对于过错的过分的注视而放大了刑罚的范围。黑莲好像觉得自己配不上任何的人。她最初并不明白以往生活的一个秘密（也许可以说是一个故事），后来却渐渐的因为受到宗教思想影响的智慧而彻悟了。这秘密最近似乎使她觉得自己在爱情方面没有多大的希望。自从她读了雪莱的神妙悲剧《特尔·威廉》的译本那一天起，她就改变了她的行为。母亲责骂黑莲不该让这本书落在地下之后，就注意到这本书在黑莲心里所引起的狂热是来自诗人描写要拿一人的热血去拯救整个民族的特尔·威廉和乱国的约翰之间的友情。黑莲变得谦虚、虔敬而熟思，她不再想到跳舞场中去。她的父亲从来没有看见她这样的疼人，尤其是侯爵夫人没有在场听见她说出许多少女的阿谀奉承的话的时候。不过，黑莲对她母亲的感情虽然是冷淡的，这种冷淡也是非常巧妙的表现出来，将军甚至于都没有看得出，尽管他对家庭上的和睦气氛很嫉妒。任何的男人都不能够有相当睿智的眼睛来探测这一对女人的心灵：一个是年青而仁厚的，一个是敏感而骄傲的；前者是仁慈的宝库，后者是精细和爱情的贮藏。如果母亲拿女性的专横来刺伤女儿的话，这也只能是她的牺牲品的眼睛所能觉察到的。何况只有事态本身可以使人家产生这些无从解决的揣测哩。一直到这一夜为止，这两个灵魂都没有泄露任何可以让人明白的端倪；当然在她们和上帝之间倒存在有某种凶恶的神秘。

“好，阿柏尔，”侯爵夫人趁着莫伊娜和她的弟弟都缄默、疲倦、呆滞不动的时刻，喊道，“好，您来，孩子，您得上床睡觉啦……”

她又给他投去一道威严的眼色，把他激奋的抱在自己的膝上。

“怎么，”将军说，“都已经十点半钟了，我们的仆人为什么谁也还没有回来呢？啊！这些家伙！——古斯达夫，”他转过身来，朝着他的儿子说，“我只在一个条件下给你这本书念的，就是得在十点钟之前放下它。你得照你答应我的时候关上书，睡觉去。‘要是你想当一个伟人的话，你就得拿你的约言当作宗教信条来遵守，好像保守你的名誉似的，英吉利的一个最大的演说家福克斯，他特别是以他的性格著名的。他的主要的品格就是守约。他做孩子的时候，他的父亲，一个英吉利的老贵族，曾经给他一个严格的教训，给年青人的精神留下一个永远的印象。跟你同样年纪的时候，福克斯放假回到父亲家里来，他的父亲跟所有的英吉利的富人一样，在他的别宫周边有个相当大的花园。花园里有一个老亭子，人家要把这亭子拆下，重新盖在风景合宜的地方。孩子们非常喜欢观看拆房子。小小的福克斯希望延长几天假期让他来参观拆亭子，但是他的父亲却非要他在开学的日子回到学校里去不可。于是，父子之间就发生了龃龉。他的母亲跟所有的妈妈似的，她也袒护福克斯。他的父亲于是就正式答应他的儿子到下一次放假的时候才来拆亭子。

“福克斯回到学校去了。父亲以为小小的孩子读了书就会忘记这事情，他就拆了亭子，又在另外的地方建了一个新的。固执的孩子可只想到这亭子。当他回到父亲家里来的时候，他的第一桩事情就是走去看这老亭子。但是他却在吃早饭的时候悲痛的回来，对他的父亲说：‘您骗了我。’英吉利的老绅士就用充满尊严的羞愧态度说：‘是的，我的孩子，但是我可以补救我的过错。我们得比保守财产还要注意的保守我们的约言，因为保守约言可以使我们有财产，而一切的财产却不能够磨灭失约在良心上所印下的污点。’他的父亲就下命令叫人家照样的再建一所老亭子；建了之后，他又叫人家在孩子的眼前拆毁了它。古斯达夫，但愿这也成为你的一个教训。”

倾听父亲讲述故事的古斯达夫立刻关上了书。他缄默了一些时候，将军就趁着这时候抱起了正跟睡魔格斗的莫伊娜，把她轻轻的抱在身上。小姑娘让她那游移不定的头在父亲的胸口上转动，昏昏沉沉的睡着了。她的身上披散着她那黄金色的美丽的发鬈。

这时候，街道上荡漾着急速的脚步声；三响叩门的声音突然引起了屋里的回音。这继续延长的声音有一种跟有生命危险的人的喊叫同样容易让人明白的声调。守门的狗激奋的鸣吠。黑莲、古斯达夫、将军和他的妻子都剧烈的发起抖来；但是刚由母亲给换上夜装的阿伯尔跟莫伊娜却没有醒来。

“他很急，这个人!”军官一边说，一边把他的女儿放在靠椅上。

他急忙走出客厅，没有听到他的妻子的祈求：

“朋友，别到那里去……”

侯爵到他的卧室里去取了两支手枪，点了一盏巡捕灯，奋身朝着楼梯跑去，闪电一般快速的下楼，一会儿就到达了房门；他的男孩子也大胆的随在他的后面。

“谁呀?”他问。

“请开门。”一道几乎被急喘的呼吸窒息住的声音回答说。

“是一个朋友吗?”

“是呀，是一个朋友。”

“您一个人吗?”

“是的……可是请您开门吧，因为他们来了！他们来了!”

将军刚开了一半门，一个男人就跟鬼怪似的立刻从长廊下溜了进来，他还没有能够阻挡的时候，这个陌生人就用一双脚猛力推开门，逼着他放手，再死命的靠在门上，好像不让门再开了似的。

将军突然朝着陌生人的胸口举起他的手枪和灯笼，不许陌生人动弹。他看见这个人是中等的身材，穿着一件老年人的毛大衣，这大衣又阔又长，好像不是为他而缝制的。不知道是有意的谨慎或是偶然的巧合，这个逃命的陌生人的帽子整个的遮住了头，一直盖到眼睛上。

“先生，”他对将军说，“请您放下您的手枪。我并不企图没有得到您的同意留在您家里。但是，要是我出去的话，我就要死在城门上。怎么样的死呢？您得对上帝负责回答这问题。我请求您接待我两个钟头。请您想想，先生，虽然我这样的恳求您，我的请求却是强硬而必要的。我需要阿拉伯式的接待。但愿您把我看成神圣的；不然的话，就请您开门，让我死在外面。我需要您给我守秘密，给我一个避难所，给我一些水喝。噢！一些水喝！”他用气喘的声音重复说。

“您是什么人啊？”将军惊异陌生人这样的说话，就问道。

“啊！我是什么人吗？好，您就开门吧，我要走了。”陌生人用讥笑的声调回答说。

无论侯爵如何巧妙的摆弄他的灯光，他都只能够看到这脸孔的下部，任何东西都不能够给他理由，让他来许诺这样奇怪向他要求的接待：面颊是颤动的、青灰色的，脸纹紧缩得可怕。帽角所反射的黑影里，两只眼睛就像两道磷火似的，都叫烛火的微光失色。然而，他却总得有个回话。

“先生，”将军说，“您说的话未免太奇怪了，如果您是我的话，您……”

“我的命就操在您手里！”陌生人用吓人的声音嚷了起来，打断了主人的话。

“两个钟头吗？”侯爵犹疑不定的说。

“两个钟头！”陌生人重复说。

但是，突然间他又用失望的态度推起了他的帽子，露出了他的额头，好像要做下一个最后的努力似的，给将军投去一道可以刺透灵魂的晶亮的目光。这理智和意志的迸射就跟闪电似的，有雷霆一般的压力；因为有的时候，人类可以赋有一种不可解释的威力。

“好吧，不管您是什么人，您都可以在我家里得到安全。”家主严肃的接着说，他觉得自己顺从了一种无从解释的本能的动作。

“上帝会报答您的。”陌生人吐出一口深长的叹息，加上一句话说。

“您带武器吗？”将军问。

陌生人的回答就是立刻瞧着他的毛大衣，打开了它，又敏捷的拢上。表面上看来并没有武器；他所穿的是一个从跳舞场里出来的年青人的衣服。无论疑惑的将军如何快速的细察，他也就看够了，可以让他喊了一声：

“这样干燥的天气，您怎样弄了一身的泥土呢？”

“还问我这么多问题！”陌生人用骄傲的神气回答说。

这时候，侯爵看见他的儿子，他就想到了刚才所说的严守约言的故事；他对这桩事情很不痛快，就用愤怒的腔调对他说：

“怎么，你这小鬼，你怎么还在这里不去睡觉呢？”

“因为我相信您在危险的时候我可以帮助您。”古斯达夫回答说。

“去，上楼到你房间里去。”父亲听了儿子的回答，就改了温和的态度，对他说。“——您，”他朝着陌生人说，“您就跟我来吧。”

他们就像两个彼此埋怨的赌徒似的变成缄默的了。将军甚至于都开始预先感觉到许多凶恶的结果。陌生人已经像梦魇似的压在他的心上；但是，因为要遵守他对人家所发的誓言，他就领着陌生人走过酒廊和楼梯，让他走进客厅上面第三层楼的一间大房子里。这间没有人居住的房子是冬天拿来当晒台用的，它没有通道连上任何的寓所，它的四面灰黄的墙壁上除了从前的房东放在壁炉台上的一面破镜和侯爵搬家时觉得没有用处暂时把它搁在壁炉对面的一个大镜以外，就没有任何其他的装饰品了。这间宽大屋顶房的地板从来没有打扫过，里头的空气非常的寒冷，两张老旧的破椅就算是全套的家具。

将军把灯笼放在壁炉台上面之后，就对陌生人说：

"这间破房子就算是保全您的生命的避难所了。因为我答应给您保守秘密，我也请求您答应让我把您关在里边。"

陌生人低下头，表示同意。

"我只要求一个避难所、保守秘密和一些水喝。"他说。

"我去给您带些水来。"侯爵回答说。他小心翼翼的关上门，摸索着下楼到客厅里去，取了一个烛台，亲身到厨房里去找一只水晶瓶。

"哈，什么事情呀，先生?"侯爵夫人忙着问丈夫。

"没有什么，亲爱的。"他冷淡的回答。

"可是我们听得很清楚，您刚才领了一个人到上边去，不是吗?"

"黑莲，"将军朝着仰头看他的女儿瞧了一眼，接着说，"您得想想您父亲的名誉是靠您的机密来维持的。您得装作什么也没有听见的样子。"

年青的少女拿一个极有含义的点头来回答。侯爵夫人茫然失措的愣着，丈夫强制她沉默的态度刺伤了她的内心。将军取了一只水晶瓶、一个玻璃杯，又上楼走到囚犯的房子里去：他看见陌生人光着头，靠在壁炉附近的墙上站着。陌生人已经把帽子扔在一张椅子上，他绝没有想到会这样清楚的让人家看到。他的眼睛碰到将军的刺人的眼睛时，他的额头不禁皱了起来，他的脸孔也变成忧愁的了。但是他的态度却温和了下来，他也就拿一个文雅的姿势去致谢他的保护人。将军把玻璃杯和水晶瓶放在壁炉台上的时候，陌生人又给他投去一道发亮的目光，打破了沉寂，对他说：

"先生，"他用温和的声音说，这声音已经没有刚才那样带有喉头的战栗了，然而却还表现着一种内部的痉挛，"您一定会觉得我奇怪。请您原谅我所应有的怪癖。要是您要待在这里的话，我请您在我喝水的时候不要瞧我。"

将军不大愉快老去听从他所不喜欢的一个人，然而他却立刻转过了身子。陌生人从口袋里拿出了一条白手绢，包好了他的右手；然后就拿了水晶瓶，一口喝尽了瓶里所有的水。侯爵不想违反他的默许，他就机械的瞧着大镜里的情景，两面镜子的交映使他的眼睛能够完全观察陌生人，他看见手绢碰到充满血迹的手就立刻变成了红色的。

"啊！您看了我！"陌生人喝完水，穿上大衣，端详了将军的狐疑的神色之后，就嚷了起来。"我完了，他们来了，他们在那儿！"

"我什么也没有听见哩。"侯爵说。

"您不像我这样关心去听远处的声息。"

"您这样的满身血迹，您是不是跟人家决斗呢？"将军看见客人衣服上沾染的一块块血斑的颜色，相当感动的问。

"是的，决斗，您已经说过了。"陌生人重复说，一道苦笑徘徊在他的嘴唇上。

这时候，几匹奔马的蹄声在远处里荡漾着；但是这声音却跟清晨的薄明一样的微弱。将军的灵敏的耳朵认得是骑兵队所训练的马。

“这是宪兵。”他说。

他给他的囚犯投去一道眼光，这眼光本质上可以消除他用不由自主的疏忽给陌生人指示的疑团。他拿走了灯笼，回到客厅里去。他刚把上面房子的钥匙放在壁炉台上，马队的声音就响亮了起来，用足以使将军惊战的速度走近了别墅，马队果然停在房子的门外了。一个骑士跟他的同伴们交换了几句话之后，就下马狠力的敲门，逼着将军去开。将军看见六个宪兵的白边帽在月光下发亮，他禁不住心里生出了一个秘密的感情。

“大人，”一个宪兵队队长对他说，“您刚才没有听见一个人朝着城门跑去吗?”

“朝着城门吗？没有。”

“您没有给任何人开门吗?”

“我平常难道都自己亲身去开我的门吗?”

“呃，对不起，将军，这时候，我觉得……”

“啊，这个!”将军愤怒的说，“您是不是要跟我开玩笑呢？您有这权利吗？……”

“没有，没有，大人，”队长温和的接着说，“您可以原谅我们是为国效忠。我们知道一个法兰西的世卿不会在夜里这时刻去接待一个刺客；但是我们想要知道一些情形……”

“一个刺客!”将军喊道，“那么，到底是谁被……”

“摩尼男爵先生刚让人拿斧子砍死了。”宪兵接着说，“但是人家却紧追着刺客。我们相信他一定在这附近，我们要去抓捕他。对不起，将军。”

宪兵一边说，一边骑上马。侥幸得很，他这动作使他看不见将军的脸色。队长惯于猜测，要是他看见了这样表露灵魂动作的姿态的话，他也许会起了疑心

“人家知道凶手的姓名吗?”将军问。

“不知道，”骑士回答说，“他没有动过堆满黄金钞票的写字台。”

“那么，这一定是仇杀了，”侯爵说。

“嘿！仇杀一个老年人吗？……不，不，这家伙来不及拿哩。”

说毕，这宪兵就赶去与已经跑远了的同伴会合。将军不知所措的愣了一些时刻，这是容易明白的情形。一会儿之后，他就听见仆人们热烈的辩论着回来了，他们的声音荡漾在孟特雷伊门的十字街头上。他们回到家里的时候，他就对他们大发雷霆，因为他得找到一个借口来发泄。他的声音都使屋内的回音振动。可是，等到其中一个最大胆、最狡猾的仆人、他的随身侍仆对他解释他们所以迟归的原因，说他们在孟特雷伊门口路口让追捕一个刺客的宪兵和警察拦住了的时候，他却顿时平下了他的怒气。将军忽然不再说话了。这句话提醒了他，使他想到了他在这奇怪的情景里所应有的责任，他就冷淡的命令所有的仆人立刻上床去睡觉，叫他们诧异他居然这样容易让他的随身侍仆撒谎。

但是，正当这些事情发生在院子里的时候，一个表面上不足轻重的事故却改变了这故事的其他主角的地位。侯爵刚一出去，他的妻子就先后瞧了屋顶房的钥匙和黑莲一眼，最后就低声倾过头来朝着她的女儿说：

“黑莲，您父亲把钥匙留在壁炉台上。”

少女惊讶的抬起头来，怯懦的瞧着她的母亲，母亲的眼睛闪烁着好奇的光芒。

“那么，妈妈？”她战栗的回答说。

“我很想知道上面到底发生了什么事情。要是上面有一个女人的话，她也还没有走。到那里去吧……”

“我吗？”少女惊惶不安的说。

“你害怕吗？”

“不，妈妈，但是我相信我认得清楚这是一个男人的脚声。”

“要是我能够自己去的话，我也不会求你上去了，黑莲。”她的母亲用冷酷威严的声调接着说，“要是您父亲进来看见我不在这里的话，他也许就要找我来，然而他却看不出您不在这里。”

“太太，”黑莲回答说，“要是您命令我去的话，我就去；但是我一定会丢了我父亲对我的敬爱……”

“怎么？”侯爵夫人用讥诮的腔调说，“可是，因为您拿笑话当做真话，现在我就命令您去看看上面到底是谁。钥匙在这儿，我的女儿！您父亲只叫您不要说这时候他家里所发生的事情，他并没有禁止您上楼到这间房子里去。您去吧，您得知道一个女儿绝不能够批评她的母亲……”

侯爵夫人用受窘的母亲所有的严厉的声调说了这些话之后，就拿了钥匙，交给黑莲，女儿也就站了起来，一句话也没有说的离开了客厅。

“我的母亲总可以得到人家的原谅，但是我，我却会失去父亲对我的喜悦。那么，她是不是要夺去父亲对我的疼爱，把我赶出家去呢？”

正当她在黑暗里沿着通达这神秘房门的走廊摸索走路的时候，她的幻想就突然给她酿出了这些念头。当她走到房门的时候，她的思想的混乱实在是达到了极点。这种杂乱的默思使她从心坎里涌出成千的她一向所隐藏的情绪。她也许已经不相信有什么幸福的将来，在这悲痛的时刻里，她也就对她的生活完全失望了。她痉挛的拿钥匙插进门锁，她的感情甚至于都变得这样的强烈，使她不得不停下一会儿，拿手放在胸口，好像这手有力量可以平静心脏的深长响亮的悸动似的。最后，她终于把门打开了。

铰链的响声并没有传进凶手的耳鼓。虽然他的听觉十分的灵敏，他还是贴伏在墙上，一动也不动的，好像是昏迷在他的思想里似的。灯笼所射出的光圈恍恍惚惚的照亮着他，在这半明不暗的地带里，他简直就像是哥特式礼拜堂下面的什么漆黑的墓角上所建立的灰暗骑士像。冷汗挂在他的黄色阔额上。极端紧缩的脸孔上发出一道难以置信的英俊之气。呆定枯干的火一般的眼睛似乎在观看面前暗影里的一场恶斗。动荡的思想快速的掠过这脸孔，坚毅绝伦的脸部表情指明他有一个超凡的灵魂。他的躯体、他的态度、他的身段，都跟他的野蛮的天才相配合。这个男子就是整个的力量，他面对着暗影，好像这就是他的将来的征象。

将军看惯了围绕拿破仑身边的雄伟的巨人，他只忙于观察精神上的现象，所以他并没有注意到这怪人的身体上的特征。但是黑莲却跟所有的女人一样，她注意到外表的印象，她在灯光和黑暗、贵质和感情、杂乱的诗章的混合的影响下，觉得这个陌生人就是重振旗鼓的鲁西弗尔的化身。突然间，表现在这脸孔上的风波好像魔术一般的平静了，一种无名的权力（陌生人也许就在不知不觉里当了这权力的原因和结果）就像洪水一样快速的在她身边奔涌。当他的脸纹恢复了自然的状态时，思想的急流就涌出了他的额头。也许是受了这离奇的相逢的蛊惑，也许是受了她所探测的神秘的感化，少女就崇拜这满有趣味的温和的身姿。她昏迷在沉默里一些时刻，觉到了许多她的年青灵魂一向所不认识的烦扰。但是一会儿之后，也许是因为黑莲发出一声叹息、做下一个动作，也许是因为刺客从理想的世界回到现实的世界，听见有他以外的人呼吸，他就转过头来，朝着主人的女儿，在黑影里清清楚楚的看见一个女人的超凡的脸孔、威严的体态呆立朦胧里，宛如天神显灵。

“先生……”她用悸动的声调说。

凶手战栗了。

“一个女人！”他温和惊惧的说。“这是可能的？请您走开吧，”

他接着说。“我不承认任何人有怜惜我、赦免我或刑罚我的权利。我得一个人单独活着。去吧，我的孩子，”他用威严的姿态加上一句话，“要是我让这房子里的任何一个人来呼吸同一空气的话，我就不会感谢这房子的主人对我的援助，我得服从社会的规律。”

这最后一句话是低声说出的。他用深入的直觉透视了这悲惨的思想所引起的困苦之后，就给黑莲投去一道长蛇一般的眼神，在这奇女的心里推动了一个潜伏的思想世界。这就像是照耀未知的国度的光线似的。她的灵魂粉碎了，她找不到力量去抵抗这一眼神的伟大的权力，虽然他是无意给她投来的。

她含羞而惊惶的走了出来，只在她父亲回来之前一会儿回到客厅里，所以也就不能够对她的母亲说些什么话了。

将军若有所思的叉着手，静静的用划一的步伐从朝街的窗口走到朝园的窗口。他的妻子守护昏睡着的阿柏尔。莫伊娜让人家安放在靠椅里，就跟巢中的小鸟似的，无忧无虑的睡着。大姐姐一只手拿着一团丝线球 ，一只手拿着一把针，瞧着炉火。

只有逐一走去睡觉的仆人的脚步声，几响闭塞的笑声，他们参加结婚典礼的最后的快乐的回音打破了客厅、屋外、室内的岑寂；还有的就是他们打开卧室的房门互相谈话，再把门关上所生的声响。几阵轻微的声音也还在床边荡漾着。一张椅子翻倒了。一个老车夫的咳嗽轻轻的振动了一阵，就消失了。一会儿，夜半爆发在昏沉的自然界里的漆黑的权威就到处的统治着。只有星光在发亮。冷气侵入了土地。任何的东西都没有声息，都没有动静。只有火花的闪烁声使人觉得岑寂的程度。孟特雷伊门的钟楼打了一点钟。这时候，极度微弱的脚步声忽然轻轻的荡漾在最高的一层楼里。侯爵和他的女儿深信把刺杀摩尼先生的凶手关闭在房子里，他们认为这一定是哪一个女仆的动作，所以也就没有惊异的听着人家开了客厅前面一间房子的门。突然间，凶手出现在他们的中间。侯爵的发愣的态度、母亲的强烈的诧异、女儿的惊讶允许他向前朝着客厅中央走来，他用万分平静、十分悲怆的声音对将军说：

“先生，两个钟头的时间快要到期了。”

“您在这儿！”将军喊道，“什么力量让您？……”

说完又用可怕的目光质问他的妻子和他的儿女。

黑莲脸色发红得跟炭火似的。

“您，”军官用尖锐的声调接着说，“您在我们中间！一个满身血迹的凶手在这里！您玷污了这张画！出去！出去！”他愤怒的说。

听了“凶手”这句话，侯爵夫人不禁大叫一声。至于黑莲呢？这句话似乎反而是决定了她的生活，她的脸孔没有露出任何惊愕的神色。她似乎已经在等待这个男人。她的空泛的思想好像是有道理的。上天为她的过错所保留的刑罚现在算是爆发了。这少女认为自己也是跟这个男人一样的罪犯，她就用一道清朗的目光瞧着他：她是他的同伴、他的姐妹。在她看来，上帝的命令就表现在这情景里。几年之后，她的理性批判了她的愧疚的正当；但是这时候她的愧疚却使她失去她的理性。陌生人冷冷的愣着。一道轻蔑的微笑沾染了他的脸纹，挂在他的宽阔的红色嘴唇上。

“您没有认识清楚我是怎么样的对待您，”他慢慢的说，“我并不愿意用我的手来接触您盛水给我止渴的玻璃杯。我甚至都没有想到要在您家里洗净我的血手，我只想在您家里留下您对我的罪行（说这些话的时候，他紧紧的闭住他的嘴唇）的观念，就走了，我只想在您家里经过，不留下任何的痕迹。总之，我甚至于都没有答应您的小姐来……”

“我的女儿！”将军给黑莲投去一道吓人的眼色，喊道，“啊！您这不幸的人！出去吧，要不然，我就要杀死你了……”

“还没有到两个钟头哩。要是您杀死我或是把我交给警察的话，您就要损害您的名誉……和我的名誉。”

发怔的军官听了这句话，就企图去端详这罪犯；但是他却不能够不低下他的眼睛，他觉得他没有能够忍受又一次粉碎他的灵魂的一个目光的不可抵御的光焰。他只怕还要让步，因为他觉得他的意志已经弱化了。

“杀死一个老年人！您难道从来没有看见过家庭吗？”他一边说，一边用一个家长的姿态给他指着他的妻子和他的儿女。

“是的，一个老年人！”陌生人重复说，他的额头稍微皱了一皱。

“您逃吧！”将军嘴里喊，他的眼睛不敢瞧视他的客人。“我们解除契约了。我不会杀死您。不！我绝不会给断头台送上材料。可是，您出去吧，您叫我们讨厌。”

“我知道这个，”罪犯谦逊的回答，“法兰西领土里没有任何可以让我安全插足的地方；但是如果法律也跟上帝一样懂得批判专门的技巧的话，如果他虚心来调查在刺客和牺牲者之间谁是怪物的话，我就可以骄傲的留在人群之中了。您猜得出刚让我拿斧子砍死的这个人从前有多少的罪行吗？我其实就是他的审判官、他的刽子手，我代替了人类的无能的法律。这就是我的罪行。再见，先生。无论您在您对我的接待里投下什么苦味，我都会记住您的恩典。我心里还有感谢世界上一个人的情绪，这个人就是您……但是我倒希望您更仁慈一点儿。”

他朝着门口走去。这时候，少女就斜过身来，朝着母亲的耳边说了一句话。

“啊！”

妻子嘴里喊出的叫声不由得使将军发抖，好像他看见莫伊娜死去了似的。黑莲站着。凶手本能的转过身来，脸上显得替这一个家庭忧虑的神色。

“您怎么啦，亲爱的?”侯爵问。

“黑莲要跟他去。”她说。

凶手红了脸。

“因为我的母亲没有表现清楚这无意发出的一声叹息，我要实现她的愿望。”

少女向身边射去了一道几乎可以说是野蛮的、骄傲的目光，再低下眼睛，保持一种可敬的谦卑的态度。

“黑莲，您到上面那一间房子去?”

“是的，父亲。”

“黑莲，”他问，他的声音因为痉挛的颤动而改变了，“这是您第一次看见这个人吗?”

“是的，父亲。”

“那么，您的计划就不是自然的了……”

“如果不是自然的话，至少也是真的，父亲。”

“啊！我的女儿……”侯爵夫人低声说，但是她却让她的丈夫听得见。“黑莲，您缺乏我想给您培养的一切光荣的、谦虚的、道德的原则。如果您到这时候为止都只是撒谎的话，您就没有什么可抱歉的。是不是这个人的完美的道德引诱了您呢？这难道是犯有这种罪愆的人所必要的一种力量吗？……我太看重您，我不会假定……”

“噢！您就假定一切吧，太太。”黑莲用冷淡的腔调回答说。

但是，无论这时候她所表现的性格是如何的坚强，她的眼火也不容易吸收眼里流转的泪珠，陌生人由少女的眼泪猜到了母亲的言语的意义，他就朝着侯爵夫人射出一道鹰鸟一般的眼色，侯爵夫人在一种无可抵抗的力量的压迫之下，不得不瞧着这凶恶的诱惑者。这个女人的眼睛碰到这男子的明亮的眸子时，她心里就战栗了起来，好像我们看见蛇蝎或摸到一只莱特瓶似的错乱。

“朋友，”她惊恐的对她的丈夫说，“他是魔鬼！他猜到一切……”

将军起来去拉叫铃的绳子。

“他要害您。”黑莲对凶犯说。

陌生人微微的一笑，向前走了一步，止住了侯爵的手臂，逼着他来瞧一道使他发怔的眼色，夺去了他的力量。

“我就给您偿清您对我的接待，”他说，“我们的账也就可以两清了。我可以拿自首来给您免除一个卑劣的举动。好歹，我现在能够在人世上做些什么呢?”

“您可以忏悔。”黑莲一边回答，一边给他献上只有少女的眼睛能够表露的一个希望。

“我绝不忏悔。”凶犯用洪亮的声音说，骄傲的昂起头来。

“他的手都是血斑。”父亲对女儿说。

“我可以给他拭干净。”她回答说。

“但是，”将军接着说，他不敢给她指示陌生人，“您知道他到底要您不要您吗?”

凶犯朝向黑莲走去。无论黑莲是否贞洁文静，一道内心的光线都使她的美貌发出光彩，使一切的脸纹和一切的线条浮现。他对这悦人的女人投去了一道还很怕人的温和的眼色之后，就用表露热情的声调对她说：

“拒绝您的雅意，这难道不就是为爱您而爱您，来偿清您父亲所给我的两个钟头的生命吗?”

“所以，您，您也拒绝我?”黑莲用裂人心肠的声调喊道，“再见了，所有的人，我要死去了!”

“这是什么意思呀?”父母同声问她。

她用一道尖锐的眼光质询了侯爵夫人之后，就低下眼睛，缄口不言语了。自从将军夫妇用言行去攻击陌生人在他们中间所僭取的奇异的特权、这后者给他们放射自他眼里发出的神光之后，他们都莫名其妙的昏迷了。他们的错乱的理性也难得帮助他们去摆脱压服他们的超自然的力量。他们觉得空气是沉闷的、呼吸是困难的，然而却不能够责备这样压迫他们的人，虽然内心的声音并不让他们忽视神秘的人物就是他们的柔弱的根源。将军精神上感到极端的痛苦，他猜到他的努力也许可以影响女儿的犹疑不定的思想：他就搂着她的腰，领她到远离凶犯的窗口来。

“亲爱的孩子，”他低声对她说，“要是您心里忽然生起了奇怪的爱情的话，你的天真纯洁的生命、你的纯净虔敬的灵魂却给我证明你的坚强的性格，我不能不假设你有必要的毅力来克制一个疯狂的举动。你的行为表示你心里藏有一个秘密。唉，我的心是很慈祥的，你可以告诉我一切；就是你会使我的心破碎，孩子，我也会吞下我的苦痛，忠实的保守你对我所说的话。咱们瞧，你是不是妒忌我们对你弟妹的偏爱呢？你是不是心里有个失恋的悲哀呢？你是不是在这里不快乐呢？你说，告诉我你有什么理由要扔下你的家庭、摒弃你的家庭，让你的家庭失去最大的美轮美奂，离开你的母亲、你的弟妹！”

“父亲，”她回答说，“我既不妒忌，也不爱恋任何一个人，甚至于您的朋友、外交家王地尼斯先生。”

侯爵夫人的脸色发青了，她看着她的少女也就停住嘴，不再说下去了。

“我不是迟早都得嫁人吗？”

“这也是真的。”

“我们知道我们的命运要跟什么东西结合在一起吗？”她继续说，“我，我信服这个男子。”

“孩子，”将军提高嗓子说，“你没有想到这将要攻击你的一切苦痛。”

“我想到他的苦痛……”

“这是什么生活啊！”父亲说。

“女人的生活。”女儿喃喃的回答。

“你未免太有学问了！”侯爵夫人又找到话说。

“太太，我的回答是人家的询问给我口授的；但是，要是您愿意的话，我还可以说得清楚点儿。”

“你说吧，女儿！……我是母亲呀。”

这里，女儿就瞧着母亲，这眼色使侯爵夫人歇了一会儿。

“黑莲，要是您愿意责骂我的话，我也宁可让您责骂我，而不愿意看见您跟着全世界的人都避之唯恐不及的这个人去。”

“您看得清楚，太太，没有我，他就会变得孤单的。”

“够了，太太！”将军喊道，“我们只有一个女儿了！……”

说着，他就瞧了老在睡觉的莫伊娜一眼。

“我要把您关在修道院里。”他转过头来，朝着黑莲加上一句话说。

“好吧，父亲，”她用失望的、冷静的态度回答说，“我就到那里去死去吧。您只跟上帝去算我的命账和他的灵魂的账。”

一阵深长的缄默突然继着这些话而来。一切的一切都刺伤着社会生活的通常的情绪，这情景的观客都不敢互相瞟视。将军忽然看到他的手枪，他就拿了其中的一把，激奋的装上子弹，朝着陌生人走去。这个人听见了枪械的声音，就转过身来，朝着将军射去一道冷静的刺人的目光，将军的手臂不由得软了下来，他又笨重的坐下，他的手枪也就在地毡上滚转了……

“女儿，”因为这一场恶斗而沮丧了的父亲于是就说，“您有您的自由。要是您母亲同意的话，就请您吻她。至于我，我既不愿意再看见您，也不愿意再听见您说话……”

“黑莲，”母亲对少女说，“请您想想您将来要穷苦的。”

凶犯胸口吐出一声类似喘息的声音，使人家的眼睛都往他身上瞧来。他的脸孔挂着一种轻蔑的表情。

“我对您的接待所费的代价未免太大了！”将军喊着站了起来，“您刚才只杀死一个老年人；这里您却杀了我全家的人。无论如何，这家里都免不了有祸患。”

“那么，要是您的女儿变成一个幸福的女人呢？”凶犯一边问，一边眼睛呆呆的盯住将军。

“要是她跟您就有福气的话，”父亲强勉的回答说，“我也就没有遗憾了。”

黑莲怯懦的跪在父亲脚前，温和的对他说：

“噢，父亲，我爱您，我尊敬您，但愿您给我宏恩，不然的话，就给我严厉的罪刑……但是，我恳求您，希望您的最后一句话不是泄愤的话。”

将军不敢瞧视他的女儿。这时候，陌生人就向前走了几步，给黑莲投去一道又像地下又像天上的微笑：

“您都不怕一个杀人犯，您这慈悲的天使，”他说，“请您来吧，因为您坚持要把您的命运交付给我。”

“简直没法儿懂！”父亲喊道。

侯爵夫人给女儿射去一道特异的眼神，给女儿打开了她的怀抱。黑莲连忙哭着奔上前去。

“再见，”她说，“再见，母亲！”

黑莲给战栗的陌生人做了一个记号。她吻了父亲的手，毫无乐趣的赶快吻了莫伊娜和小阿柏尔之后，就跟凶犯一块儿出去，失踪不见了。

“他们从哪一条路走了啊？”将军一边说，一边听着两个逃亡者的脚步声。“太太，”他又朝向他的妻子，接着说，“我想我一定是在做梦：我觉得这事情一定有个秘密。您应当知道。”

侯爵夫人发抖了。

“您的女儿最近变得非常的浪漫、非常的激奋，”她回答说。“无论我如何细心来打击她这性格的趋向……”

“这不清楚……”

但是，将军自以为听到了他的女儿和这陌生人在花园里的脚步声，他就打断了自己的话，立刻跑去开窗。

“黑莲！”他喊。

这喊叫消失在深夜里，就像落空的预言似的。将军说出这个世界上没有人回答的名字时，他就好像神助似的打破了压迫他的魔力。一道智慧的灵气浮上了他的脸孔。他清晰的看见刚才所发生的戏剧般的情景，诅咒自己的软弱，因为他实在不明白自己为什么会这样软弱。一阵热烫的痉挛从他的心坎流到他的头脑、他的脚尖；他又变成了可怕的、怀恨他自己的了。他发出一个惊心动魄的喊叫；

“救命呀！救命呀！……”

他跑去拉铃，一阵乱响之后，几乎都把绳子拉断了。所有的仆人都惊醒了。他继续的喊叫，开了朝街的窗户，呼召宪兵，找到他的手枪，开枪让骑士们加速驰奔、仆人们加速起来、邻居们加速跑来。狗认得主人的声音，就汪汪的狂吠，奔马嘶叫、怒驰。这是深夜里的一个可怕的哄乱。将军下楼要去追赶女儿的时候，他看见受惊的仆人们都自各处跑来。

“我的女儿……黑莲被人家架走了。你们到花园里去吧！守住街道！给宪兵开门！……追刺客去！”

他立刻疯狂的拉断了守门大狗的链子。

“黑莲！黑莲！……”他对它说。

狗就跟狮子一样的跳着，一边狂吠，一边快速的奔进花园，将军甚至于都赶不上它。这时候，街里已经荡漾着马蹄的声音，将军也就忙着亲身去开门。

“队长，”他说，“你们去切断杀害摩尼先生的刺客的归路吧。他们经过我的花园走了。快点儿，围住毕迦尔地的山丘的道路。……我要到所有的田里、园里、家里去搜索去。”

“你们这些其他的人，”他对他的仆人们说，“请你们看着街，从城门一直布哨布到凡尔赛去。向前去，都去！”

他接过了随身侍仆给他带来的一支枪，奋身奔进花园，对他的狗喊到：

“找去！”

可怕的吠声在远处里回答，他就顺着仿佛听到的狗喘的方向走去。

清晨七点钟，宪兵、将军、仆人和邻人的搜索都没有得到结果。狗并没有回来。因为悲痛而已经疲劳衰老了的侯爵就回到他的客厅里来，他觉得这客厅是荒凉的，虽然那里还有他的三个儿女。

“您过去对您的女儿未免太冷酷了！”他瞧着他的妻子说。“结果这就是她所给我们留下的唯一的东西！”他看见织绣机上有一朵刚开始绣的花，就指着这织绣机，加上一句话说。“刚才她还坐在那里，现在她却没有了……没有了！……”

他拿手掩住脑袋哭了，缄默了一些时刻，再也不敢看这客厅；不久之前，这客厅还给他呈露甘美的家庭幸福的图景哩。晨曦的微光跟即将熄灭的灯光斗争，蜡烛烧着了它们的纸花饰，一切的一切都配合着这个父亲的失望。

“得把这个毁了，”他缄默了一会儿之后，就指着织绣机说，“我不能够再看到任何可以叫我们回想到她的东西。”

“巴黎船长”

侯爵夫妇不幸失掉长女无力抵抗无意中劫夺爱女的不速之客的那个惨痛的圣诞节之夜就像是命运给他们的一个警告。一个证券交易经纪人的破产毁坏了侯爵。他拿妻子的财产去抵押，企图做一次投资的买卖，希望能够得利来恢复他的财富。但是这企图却更加的毁灭了他。将军无计可寻，就离开国门，到海外去了。六年的光景不觉过去了。虽然他的家庭很少接到他的消息，但在西班牙承认美洲各共和国独立之前几天，他却宣告回国。

所以一天清晨，几个在墨西哥或哥伦比亚长期辛苦工作冒险而满载财富急于回国的法兰西商人就坐在一只西班牙的双桅帆船上，到达了距离保尔都几法里路的海面上。

一个受劳苦和悲痛的煎熬而未老先衰的男人靠在帆布上，好像都没有感觉到甲板上一群客人的眼睛所看到的景象。避过了航程中的危险，所有的客人都被美丽的阳光邀请到甲板上来，仿佛要来向故乡致敬似的。其中大部分的人都一心一意的想法去探望远处和地平线上几朵幻化的白云互相混杂的灯塔，卡斯岗的大厦、高尔杜安灯塔。

如果没有船前的银色流苏、船后即生即灭的长痕的话，旅客们一定会认为自己在海洋中是屹立不动的，因为海水是平静的。天空清丽得令人愉快。深蓝色的穹苍渐渐的融化在蓝色的海水里，海天接触的地方有一道天星一般闪烁的光线。太阳使万顷水波吐出金光，使一片汪洋也许都要比穹苍更为明亮。一阵和风吹涨了所有的船帆；雪白的浪花、飘荡的黄色旗、绳索结成的迷楼，都十分正确的反映在空气、天空和海洋的明亮的背景上；除了烟云一般的船帆所反射的黑影外，没有接收任何其他的色泽。清朗的天气、新鲜的和风、祖国的风光、平静的海水、微弱的声响、宛如淑女私奔的孤单的帆船，这是一张调和的图画，人类的灵魂能够从所有转动的一点上去拥抱寂静的空间的幕景。这里有孤寂和生命、缄默和声响的明显的对照，然而人家都不能够知道哪里是声响、哪里是生命、哪里是太虚、哪里是岑寂；所以，任何人间的声息都不能够毁坏这天上的幻景。西班牙的船长、他的水手和法兰西人有的坐着、有的站着，大家都沉湎在一个宗教的座位里，回想往事。空气里有懒惰的素质。笑逐颜开的脸孔表露出一种对于过去的苦痛的完全的忘却。这些人在这只船上就像是在黄金色的梦境里漂荡似的。

不过，靠在帆布上的老旅客却时不时的用一种忧虑的表情远眺水平线上的景致。他的一切脸纹都表露他对命运的疑惧，仿佛只怕不能够相当快到达法兰西国土。这个人就是侯爵。财富并没有辜负他的呐喊和他的惨淡经营。五年的奋斗和辛苦，他居然获到了一笔相当可观的财产。他急于重见他的故乡，急于给他的家庭带回幸福，就学了几个哈凡的法兰西商人的办法，跟他们一块儿登上开往保尔都的一条西班牙船。

不过，他的幻想已经懒于预测祸患，而给他追溯以往的甜蜜的幸福。看到远处一条棕色的地平线，他甚至于都觉得看到他的妻子和他的儿女似的。他仿佛觉得自己是在家里忙着，受到家庭生活的抚摸。他想象莫伊娜是个美丽的大姑娘，好像一个少女似的令人起敬。当这幻想的图像几乎是现实的情景时，清泪就涌出了他的眼睛，于是，他就转过眸子来看烟雾朦胧的地平线对面的潮汐的水平线。

“是它……”他说，“它跟着我们!”

“什么呀?”西班牙船长说。

“一条船。”将军低声接着说。

“我昨天就看见它了。”葛麦斯船长回答说。

他瞧着法兰西人，好像要询问他似的。

“它总是追着我们来。”他又朝着将军的耳朵说。

“我不知它为什么老赶不上我们，”老军官接着说，“因为它比您这破‘圣费尔丁南号’的设备还要好。”

“它一定有了什么损伤，一只吃水线底下的漏洞……”

“它追上我们了！”法兰西人惊惧的喊。

“这是一条哥伦比亚的贼船。”船长朝着他的耳边说，“我们离地还有六法里路，然而风可弱了下来。”

“他不是在驶，简直是在飞，仿佛懂得两个钟头之后他的猎获物就要逃走了似的。真是英勇！”

“它吗？”船长喊道。“啊！它所以叫做‘奥特罗’，并不是没有理由的。它最近刚打沉了一只西班牙战舰，然而它却只有三十门炮！我只怕它，因为我知道它在安提尔群岛里巡逻。——啊！啊！”他歇了一口气，看了一看他的船帆，又接着说，“风起了，我们可以到达了。非这样不可，‘巴黎船长’是无情的。”

“他也来了吗？”侯爵说。

奥特罗号只在三法里之遥。虽然船上的人没有听见侯爵和葛麦斯船长的谈话，这只帆船的出现却把大部分的水手和旅客都引到这两个人谈话的地方来。但是全体的人几乎都认为这帆船是商船，饶有兴趣的瞧着它驶来。忽然间，一个水手激奋的叫了起来：

“糟糕！咱们完了，这是‘巴黎船长’……”

听了这句可怕的话，全船的人都恐惧了起来，混乱的情形是无法形容的。西班牙船长对他的水手们用他的话来表现他的暂时的勇气。他希望在这危急的情况下要不顾一切的代价想方法到达陆地，就下令扬起所有高低的小帆、右舷和左舷，给海风献出装饰帆架的所有船帆的面积。但是这些工作的完成并不是没有大困难的，因为他们缺乏战舰所有的令人敬服的划一的步骤。虽然奥特罗号船帆的方向使它飞驶得跟燕子似的，但它表面上看来走得却不甚快速，这些不幸的法兰西旅客也就浮起了一道甜蜜的幻想。水手们奋力驾驶一些时候，正当葛麦斯亲身用姿势和嗓音去指挥巧妙的工作使帆船重新飞驶的时候，忽然间，因为一个错误的转舵，舵工就使船帆横驶了。海风从侧面吹打船帆，使船帆突然拍拍的响了起来，整个的逆着风向；帆棍断了，整个的乱了。无法形容的怒气使船长的脸色变得比船帆还要苍白，他一跳就跳到舵工身边，拿一把尖刀猛力的刺去，幸而没有刺着，可是他却立刻把舵工推下海里，自己把住舵棍，想方法来补救他的勇敢的帆船上所激起的混乱的骚动。失望的泪珠在他的眼睛里流转，因为我们之悲痛受欺远甚于我们之悲痛立刻死亡。但是船长越诅咒，他的事情也越弄不好。他亲手放了一声报警炮，希望海岸上能够听见。这时候，急迫到来的贼船也还敬了一炮，炮弹就落在距离圣费尔丁南号六杜瓦斯的地方。

“好家伙！”将军喊道，“仿佛是瞄准了似的！他们有特制的短炮。”

“噢，这个东西，您瞧，他说话的时候，我们就得当哑巴！”一个水手回答说，“巴黎船长甚至于都不怕英吉利船……”

“别多说了，”船长失望的说，他拿起望远镜瞧了瞧，看不出陆地那边的任何东西，“咱们离法兰西还远着呢。”

“您为什么发愁呀？”将军接着说，“您的旅客都是法兰西人，他们租了您的船。您说这船长是巴黎人，不是吗？那么，您就挂起白旗好了，然后……”

“然后他就要打沉我们的船了。”船长回答说，“依照现在的环境说来，如果他要抢劫一条满载财宝的船，这不是唯一的办法吗？”

“啊！他是一个海盗……”

“海盗!”水手野蛮的说，“啊！他总是守规矩的，他知道怎么样的守法。”

“那么,”将军仰起头来，望着天空说，“我们就得忍耐了。”

他还有力量来吞下他的眼泪。

他刚说完这些话，第二个瞄得更准的炮声就把一颗炮弹送到圣费尔丁南号的船上，穿透了一个窟窿。

“放下船帆。”船长悲怆的说。

于是，替巴黎人辩护的水手就很灵巧的帮助做了这无可奈何的举动。船上的人狼狈的等了半个钟头。圣费尔丁南号载有四百万银元，这是五个旅客的财产，将军的财产有一百一十万佛朗。最后，距离只有十倍步枪射程的奥特罗号就十分清晰的露出了十二门等着开火的大炮的威严的尾舵。它好像是由魔鬼特别为它吹来的风推到这里来的；但是一个精明的水手却很容易猜想出它的快速的原因。我们只要瞧一会儿这帆船的突进、它的细长的形状、它的桅杆的高度、它的船帆的剪裁、它的器具的轻快、它的全体水手万众一心控制白色船帆的方向所有的灵敏的动作，也就能够懂得这道理了。一切的一切都可以表现这木质神物的力量，这船是跟一匹骏马或什么鸷鸟一样的敏捷、一样的智慧。贼船的船员都是肃静的等待着吞噬这可怜的商船，如果抵抗的话。在他们看来，这商船幸而是一声不响的，仿佛让师长责罚的小学生似的。

“我们有炮!”将军拉紧西班牙船长的手，喊道。

后者对老军官投去一道充满勇气和失望的眼色，对他说：

“还有人呢?”

侯爵瞧着圣费尔丁南号船上的人，他不禁战栗起来。四个商人脸色苍白的发抖，围在其中一个人身边的水手好像商量要加入奥特罗号的队伍似的，他们用贪婪好奇的眼色瞧着贼船。只有工头、船长和侯爵互相瞟视，交换仁慈的思想。

“啊！葛麦斯船长，从前我带着一颗苦楚的死心告别了我的祖国、我的家庭；现在当我给我的儿女们带回快乐和幸福的时候，我难道还得离开他们吗？”

将军转过头来，给海水抛去一颗疯狂的清泪，他看见舵工朝着贼船游泳而去。

“这一次您得永远跟他们告别了。”船长回答说。

法兰西人对西班牙船长投去一道呆滞的目光，都使葛麦斯船长惊惧。这时候，两条帆船几乎都碰上了；看了敌船的船员一眼，将军就相信了葛麦斯所说的凶恶的预言。三个人每人都站在一门炮的旁边。看见了他们的雄伟的身姿、他们的棱角形的脸孔、他们的强壮的赤膊，人家一定要以为他们是铜像。死神好像杀死了他们，而不能够颠覆他们。活泼轻捷的、健壮的水手们带有完备的武器，屹立不动。这所有的坚毅的脸孔都因为太阳的暴晒而变成深灰色的，都因为工作的辛劳而变成结实的。他们的眼睛就像火花一样的发亮，露出他们的智慧和凶恶的快乐。甲板上寂然无声的堆满了黑魆魆的人众和帽子，表现出一种严格的训练、一种强力的意志，他们使这些人间魔鬼屈服在这种训练之下。头领站在大桅旁边，叉着手，没有带武器；只有他脚边的一把斧子。他的头上戴有一顶宽边的毡帽，替他抵御太阳，帽影遮住了他的脸孔。炮手、兵士和水手们就跟睡在主人面前的狗似的轮流的瞧了瞧他们的船长，又看了看商船。两条帆船互相撞碰的时候，一阵震动惊醒了幻梦中的海盗，他也就朝着站在两步路附近的一个年青头目的耳边说了两句话。

“钩上绳索吧！”头目喊道。

于是奥特罗号就立刻钩住了圣费尔丁南号。各有职务的人众就依照海盗低声说出而由头目重复传出的命令跟修士走去做弥撒似的跳上了商船，捆住了水手和客人的手，占据了财宝。顷刻之间，他们就把装满银元的桶子、食粮和圣费尔丁南号的人员搬到奥特罗号上面去。将军被人捆了手，好像自己就是一个货品似的被扔在货堆上面时，他都以为是在做梦。海盗、头目和一个大约是工头的水手开会讨论。一会儿讨论完毕，这个水手就吹起口哨，他的人众听了他的命令，也就全体跳上了圣费尔丁南号，在绳索里攀爬，剥下了帆架、船帆和器具，他们的动作就跟战场上的兵士剥夺同伍兄弟尸体上的鞋子、军衣一样的敏捷。

“咱们完了。”西班牙船长偷看了三个领袖的商议和水手们劫夺他的帆船的动作一眼，就冷冷的对侯爵说。

“怎么完了呢？”将军也冷冷的问。

“您要他们怎么对付我们呢？”西班牙人回答说，“他们一定认为他们好不容易在法兰西或西班牙的码头上售卖圣费尔丁南号，他们要打沉它，免得受累。至于我们呢，您想他们不知道把我们送到什么码头去，他们能够负责养我们吗？”

船长刚说完这些话，将军就听见几个人堕进海里时所生的微弱的声响之后接着而来的一阵可怕的欢呼。他转过头来，已经看不见四个商人了。老军官恐怖的瞧着八个面目狰狞的炮手时，他们的手臂还悬在空中。

“我刚才不是跟您说了吗？”西班牙船长冷冷的说。

侯爵立刻站了起来，海水已经恢复了平静，他甚至都看不出这些不幸的同伴刚被投下的地点；这时候，他们已经被人家捆着手足在波浪下面翻滚了，如果海鱼没有吞下他们的话。不忠实的舵工和先前吹嘘巴黎船长的水手就在离他几步路的地方跟海贼们握手言欢，给后者指示他们认为可以参加奥特罗号的队伍的水手们。至于其他的水手呢，无论他们如何的咒骂，他们的脚都被两个年幼的海盗捆住了。选择完毕，八个炮手就抢去了应当受罚的水手们，毫不留情的把他们扔在海里。海贼们举起狡猾好奇的眼睛瞧着这些人堕进海里的样式、他们的脸相和他们的最后的苦楚；但是这些海贼们自己的脸孔却并没有表露出任何讥诮、惊愕、怜悯的情调。在他们看来，这是一桩习见的小事。年纪较大的海贼则用一道阴沉停滞的微笑去欣赏放在大桅旁边的银桶。将军和葛麦斯船长坐在货堆上，互相用惨淡的眼光彼此默然的询问。他们是圣费尔丁南号所留下来的两个唯一的人员。两个间谍所抽选的七个西班牙水手已经兴高采烈的变成了比鲁人。

“真狠心的坏蛋！”将军忽然叫了起来，他的正义感使他忘记了他的苦痛和谨慎。

“他们只看到利益，”葛麦斯冷冷的回答说，“要是您再碰到这种人的话，您不是要一刀刺透他们的胸脯吗？”

“船长，”头目转过身来，朝着西班牙人说，“巴黎船长已经听过人家说到您，”他说。“您是唯一认识安提尔群岛的海峡和巴西海岸的人。您要？……”

船长轻蔑的哼了一声，打断了头目的话，回答说：

“我宁可死去，来当一个完全的水兵、一个忠实的西班牙人、一个敬虔的基督徒……您听见没有？”

“把他扔下海里去！”年青人说。

听了这个命令，两个炮手就抓住葛麦斯。

“你们真是无赖汉！”将军拦住两个海贼，喊道。

“老糊涂，”头目对他说，“别太神气啦。要是我们的船长注意您的红绶带的话，我，我可瞧不起他……咱们一会儿再谈谈吧。”

这时候，一道没有参杂任何怨叹的微弱的声音使将军明白勇敢的葛麦斯已经当了一个完全的水兵而死去了。

“没有我的财富，就宁可死！”他疯狂的嚷。

“啊！您说得对，”海盗冷笑的回答说，“现在，您一定可以从我们这里得到一些东西了……”

然后，两个水手就依照头目所发出的暗号，忙着去捆法兰西人的脚，但是将军却出其不意大胆的抢夺了头目挂在身边的腰刀，用熟识刀术的骑兵老军官的姿态舞起刀来。

“啊！强盗们！你们不能够跟一个牡蛎似的把一个拿破仑的老兵士扔在海里！”

一阵手枪几乎打中了抗命的法兰西人，手枪的响声引起了巴黎船长的注意。那时候，巴黎船长正在监视搬运他下令从圣费尔丁南号上取来的器具。他毫不动情的走来从背后搂住了勇敢的将军，快速的把他拖了起来，带到船边来，想要把他跟一条废板似的扔下水去。说时迟，那时快，将军忽然碰到了劫夺他的女儿的刺客的眼睛。岳父和女婿两个人立刻相认了。船长用相反的动作，仿佛侯爵没有什么重量似的，不但不把他推下水去，反而把他放在大桅旁边站着。甲板上起了一阵喧叫。海盗给他的喽啰们投去一道眼色，大家就立刻鸦雀无声的平静下来了。

“这是黑莲的父亲，”船长用清晰坚定的声调说，“谁不尊敬他，谁就要得到恶报。”

一阵欢呼的声音荡漾在甲板上，跟礼拜堂的祈祷、开口喊叫“主啊”的声音似的冲上天去。年幼的海盗在绳索上打秋千，水手们把他们的头巾掷向空中，炮手们顿足喊叫，每一个人都激荡着、高呼着、吹着口哨、咒骂着。这种快乐的表情使将军发愁纳闷。他认为这情绪是一种什么可怕的神秘的结果，当他重新找到他的语言时，他的第一句话就是：“我的女儿，她在哪儿啊?”海盗给将军投去一道不知何故而能破人肝胆的深刻的目光，使将军缄口不再言语了。水手们都十分满意他们的领袖能够支配所有的人物。海盗领着将军走向一条楼梯，让他下去，引他走到一间船舱的门前，一边推门，一边嘴里说：

“她在这儿。”

说毕，他就走了，让老军官看着眼前的景象而发怔。黑莲听见舱门突然打开的声音，就从她所躺卧休息的沙发椅里站了起来。她看见是侯爵，不禁惊惧的叫了一声。她改变得太厉害了，只有老父的眼睛才可以认得她。热带的太阳用棕黑的色泽、壮丽的颜色使她的白脸孔更加美轮美奂，使她生出一种东方的诗意的表情，发出一种伟大的气氛、一种威严的坚毅、一种可以感动粗野灵魂的深沉的情绪。她的丰满的长头发一大环一大环的落在她的高雅的颈项上，给这脸孔的傲气更加上一种强力的印象。她的姿势、她的体态都表现出她对她的权力有自信心。一道满意的神色充塞着她的红润的鼻孔，她的一切美丽的发展都指示出她有一种安详的幸福。她既有我也不知道是哪一类的处女的甜蜜，又有被爱的人所特有的骄傲。她既是奴隶，又是王后，她愿意服从，因为她能够统治。她穿着一身艳丽夺目的衣服。她的服装都是印度绸制成的；她的沙发椅和她的椅垫是毛织品，她的宽阔的船舱地板铺着波斯的地毡，但是她的四个孩子却在她的脚边嬉戏，拿珠链、稀罕的首饰和珍贵的物品来建造奇异的宫殿。几只由约古杜夫人彩画的施维尔花瓶插满了馨香的奇花异卉：墨西哥的茉莉和山茶。驯养的美洲小鸟就在这些花中飞翔，仿佛是红宝石、蓝宝石和晶亮的黄金。厅中排着一架钢琴，木墙上挂着红绸，人家可以这里那里的看到一些小画，然而却都是著名的画家的作品：施纳·喜波里特的《夕阳》就在一张德尔堡的绘画的旁边，拉发埃尔的《处女》用他的诗意跟热里高的画稿争艳。杜·热拉尔的一张画压倒了帝政时代的人物画的作家们。一张中国的漆桌上放有一只装满果品的金盆子。总之，黑莲好像是这化妆室大国里的王后，她的情人国王曾经在这里给她收集世界上最珍贵的物品。孩子们用睿智的目光瞧着他们的外祖父，他们惯于生活在战争、风波和喧闹里，仿佛大卫在《布鲁塔斯图》里所绘画的喜欢战争流血的小罗马人似的。

“这怎么可能呀?”黑莲一边说，一边抱住父亲，好像要证明这到底是不是一场幻梦似的。

“黑莲!”

“父亲。”

他们互相拥抱着，同样的用力、同样的动情。

“您坐那支船吗?”

“是的。”他一边用悲痛的神色回答说，一边坐向沙发椅，瞧了瞧围绕他身边天真注视他的四位孩子。

“我几乎死了，要是没有……”

“要是没有我的丈夫的话，”她打断他的话语，“我猜想。”

“啊!”将军说，“我曾为你流过许多的眼泪，我的黑莲，我为什么得这样的重新发现你呢!所以，我还得为你的命运而叹息了。”

“为什么呢?”她微笑的问，“您难道不愿意知道我是世界上最幸福的女人吗?”

“最幸福的女人!”他突然跳了一跳，嘴里说。

“是的，好父亲。”她接着说，拿起他的手吻着，把他的手握紧在她的悸动的胸口，再用一个头势来配合这句阿谀，这头势因为明亮快乐的眼睛而更含有意义。

“那么，你到底怎么幸福的呢?”他很想知道她的生活，就这样的问。他在她这明艳的仪态前忘记了一切。

“您听，父亲，”她回答说，“我的情人，我的丈夫，我的仆人，我的主人，他是一个胸襟跟这大海同样宽阔、心情跟这天空同样温厚的人，总之，他是一个神明！七年以来，他从来没有过任何可以破坏他的前后调和的言辞、他的和蔼、他的爱情的一句话、一个情绪或一个姿态。他一向都是嘴唇上挂着一个微笑、眼睛里发出快乐的光辉瞧我的。在那上面，他的响亮的声音常常控制着风涛的怒吼、战争的嘶叫。但是在我这里，他的声音都是柔和婉转的，好像我所听到的罗西尼的音乐似的。一个女人的偏爱所能发现的所有的东西，我都能够得到。有的时候，甚至于都可以超过我的欲望的要求。总之，我统治了这海洋，人家都像听从王后似的听从我。——噢，我真幸福！”她打断了自己的话之后，又接着说，“幸福这个字眼都不能够表现我的快乐的遭遇。我有所有女人的喜悦。心里感觉到有一个爱情，对人家所爱的男子的无限的忠诚，而在他的心里遇到可以包含一个女人灵魂的无穷的情绪，永远这样的！您说，这难道不是幸福吗？我已经吞没了成千的生命。我一个人在这里，然而我却在这里指挥。像我这样的一个其他的女性从来没有举起脚登上这样高贵的一条船，维克多尔总是在这船上离开我没有几步路。——他只能够从船尾走到船头，不能够离开我更远。”她用一个精细狡猾的表情接着说，“七年啦！抵抗这七年的继续不断的快乐，胜过一切试探的爱情，这还能够说是爱情吗？不，噢，不，这比我所认识的生活里的任何东西都更好……人类的语言实在不能够表现一个天上的幸福。”

泪泉涌出了她那火焰一般的眼睛。四个孩子就发出一声哀痛的叫声，仿佛小雏奔向母鸡一样的朝着她跑去，长男用一道逼人的眼色恫吓将军。

“阿柏尔，我的孩子，我快乐得都哭了。”

于是，她就把他抱在膝盖上，孩子亲热的抚摸她，拿手臂搂着黑莲的威严的颈项，好像小狮要跟母狮嬉戏似的。

“你都不厌烦吗?”将军听了女儿的激昂的回答，不禁茫然失措的说。

“可不，”她回答说，“我们到陆地去的时候，就觉得厌烦；我一向还没有离开过我的丈夫。”

“可是，你从前不是喜欢过节、跳舞、音乐吗?”

“音乐吗?他的声音就是音乐；过节吗?我给他发明的装饰就是过节。要是他喜欢我的一件衣服的话，这难道不就像是全世界都羡慕我吗?就是因为这个道理，我在海里才没有扔掉这些金刚钻、这些项链、这些镶宝石的帽子、这些财宝、这些花木、这些艺术品。他给我艺术品的时候，都对我说：‘黑莲，因为你没有到社会上去交际，我希望全社会的荣华都到你这里来。’”

“可是，这船上也有许多大胆可怕的男人，他们的感情……”

“我懂得您的意思，父亲。”她微笑着说。“您放心，任何的皇后也没有得到人家对我这样的尊敬。这些人都是迷信的；他们都以为我是保护这条船、保证他们的事业、保护他们的成功的神明。其实只有他才是他们的上帝！只有一次一个水手没有尊敬我……说话没有礼貌，”她笑着加上一句话说，“维克多尔还没有知道之前，船上的人就把他扔在海里，不管我怎么样的宽恕他。他们喜欢我，好像我是他们的天使似的，我照应他们的病，我很高兴曾经殷勤的照应过他们，救了他们几条命。这些可怜的人，他们既是大人，又是孩子。”

“那么，打仗的时候呢?”

“我都已经看惯了。”她回答说。“第一次打仗的时候，我真怕得发抖……现在，我的灵魂是等待这危险的，而且就是……我是您的女儿，”她说，“我喜欢他。”

“要是他有了危险呢?”

“我也就跟着他死去。”

“那么，孩子们呢?”

“他们是海洋和危险的子女，他们跟他们的父母同样的命运……我们的生命只有一个，没有分割。我们知道我们是在同一的生活里生活着，我们的生活是写在同一的生活史上，是由同一的短艇来载运的。”

“您比任何的东西都更爱他吗?”

“比任何的东西都更爱他。”她回答说，“但是请您别刺探这个神秘。您瞧，这个疼人的孩子，好，他还就是他!”

说毕，他就紧紧的抱着阿柏尔，狠命吻他的面颊，吻他的头发……

“可是，”将军喊道，“我忘不了他刚才曾把九个人扔在海里。”

“这一定是不得已的事情，”她回答说，“因为他是仁慈的。他要用最少的流血来保护他的小小天下的利益，来防卫他的神圣的事业。您无妨告诉他您觉得不好的事情，您就可以看出他会使您改变意见的。”

“那么，他从前的罪行呢?”将军好像自言自语似的说。

“可是，”她严肃冷淡的答辩说，“要是这是个德行呢? 要是人类的法律没有能够报复他呢?”

“自己报复自己!”将军喊道。

“要这不是报应某一天人家所做的罪过的永远的报复的话，”她说，“地狱还是什么啊?”

“啊! 你完啦。你让他迷住了，变坏了。你的想法太左道了。”

“父亲，请您留在这里一天，要是您愿意听他、看他的话，您就会喜欢他了。”

“黑莲，”将军严肃的说，“我们离法兰西只有几法里路……”

她不禁战栗了起来，从房里的十字窗上看了出去，指着一片绿波的汪洋。

“这就是我的祖国。”她用脚尖打击地毡，回答说。

“可是，你不来看你的母亲、你的弟妹吗？”

“噢，是的，”她带泪的说，“只要他愿意我这样的话，只要他愿意陪我去的话。”

“所以，你什么也没有了，黑莲，”军官严厉的说，“你既没有祖国，也没有家庭了吗？”

“我是他的妻子。”她用一个骄傲的神情、高贵的声调答辩说。“——这是七年以来我第一次所得到的他以外的人所给我的幸福，”她握住父亲的手，加上一句话说，“同时也是我第一次所听到的责骂。”

“你的良心呢？”

“我的良心！可是我的良心就是他。”

这时候，她剧烈的战栗起来了。

“他来了，”她说，“就是在打仗的时候，我也能够从所有的脚步声里认出他在甲板上的步伐。”

说着，她的面颊忽然泛上了红润的颜色，使她的脸纹灿烂，使她的眼睛发亮，她的脸色也就渐渐的变成死白的色泽了……她的肌肉里、她的蓝色脉管里、她的全身的颤抖里，都有幸福和爱情。这种富有感觉性的动作感动了将军。一会儿之后，海盗果然进来了，他走来坐在一张靠椅里，抱住了他的长男，跟他一块儿嬉戏。岑寂统治了一些时刻；因为这时候将军堕进了昏梦一般的幻想里，瞧着这翠鸟的巢穴似的标致的船舱。这一个家庭就是在这船舱里、在海天之间，依靠一个人的信心，在这海洋上漂流了七年，度过各种战争和风波的危险，好像家长在社会的祸患里领导全家在生活里挣扎似的……他敬仰的瞧着他的女儿，这是一个美丽文雅、充满幸福，使一切在她的灵魂宝藏之前、堆满她身边的财富、她的眼睛的闪光、身内身外的不可形容的诗章失色的一个海上仙女的图像。

这情况给他呈现出使他惊愕的奇景、超凡的感情、庸俗的思想无从触摸的推理。社会上的冷酷窄狭的组织都在这图像之前匿迹了。老军官感觉到这一切，他也懂得他的女儿绝不会放弃这样丰富、这样充满真情的生活；何况一旦没有受惊而尝到了危险的滋味，她也绝不会回到有限的小社会的小环境里去呢。

“我打扰了你们吧?”海盗打破寂寞，瞧着他的妻子，问道。

“不，”将军回答说，“黑莲告诉我一切的事儿。我看得出来她再也不是我们所能有的女儿了……”

“不，”海盗激奋的说，“再过几年，政府的命令就会允许我回到法兰西去。只要良心是纯洁的，当一个人破坏社会的规律去服从……”

他停口不说了，因为他轻蔑自己替自己辩护。

“可是，”将军打断他的话说，“您怎么能够不愧疚您在我眼前所有的新的杀人行为呢?”

“我们没有法子生活啊。”海盗沉静的答辩说。

“但是让这些人登上海岸……”

“那么，他们就可以用什么战舰来切断我们的归路了，我们也就回不到智利了。”

“在他们从法兰西，”将军插嘴道，“通知西班牙海军部之前……”

“但是法兰西会觉得他们的一个逃犯抢了一条保特莱人租用的双桅帆船是一桩不妙的事情。何况，您有的时候不是也曾在战场上多开了几炮吗?”

海盗的目光恫吓了将军，将军也就不说话了；然而他的女儿却用胜利而忧郁的目光瞧着他……

“将军，”海盗用深沉的声音说，“我自己立下一个规矩，绝不滥取赃物。但是当然喽，我的一份儿也总要比您的财产还要多。请您允许我拿现钞来补还您的财产。”

他从钢琴的抽屉里取出了银行的钞票，不加点算，就给侯爵递过一百万。

“您懂得我不能够寻开心来瞧保尔都路上的过客！”他接着说，“除非您也喜欢我们的危险漂泊生涯、南美洲的风景、我们在热带里过夜的情况，喜欢使一个新兴的小国的国旗或保里发尔·西门的名字得胜以外，您就得离开我们……这里有一只小艇和几个忠心的船员在等候您……希望咱们第三次的相逢是更幸福的……”

“维克多尔，我还要多看我父亲一会儿。”黑莲赌气的说。

“多十分钟或少十分钟都会让我们碰到战舰。算了吧，咱们以后再玩玩吧。我们的船员已经不耐烦了。”

“噢！您走吧，父亲！”海盗的妻子喊道。“给我妹妹，给我弟弟们，给我……我母亲，”她加上一句话说，“带这些纪念品去。”

她抓了一把宝石、项链、珠宝，把它们包在毛巾里，含羞递给她的父亲。

“你要我告诉他们什么话呀？”他一边问，一边好像注意到他的女儿没有说出“母亲”这句话之前的犹豫似的。

“噢！您还能够怀疑我的灵魂吗？我每天都为他们的幸福祝愿。”

“黑莲，”老年人注目凝视他的女儿，接着说，“我难道没有权利再看见你吗？我难道永远也没有能够知道你的逃亡的原因吗？”

“这秘密不是属于我的，”她沉痛的说，“我将来一定有权利让您知道这个，也许我还不会告诉您的。我受了十年的空前的苦痛。”

她没有再往下说，就把她要送给家里的礼物递给她的父亲。

将军参加过战争，他对于分赃有相当广泛的认识。他接受了女儿献来的礼品，心里快乐的想这个巴黎船长在黑莲这样纯洁崇高的灵魂的熏陶之下居然能够保持忠厚的性格，跟西班牙人作战。爱护勇士的心情激动了他。他想惺惺作态的拒绝未免可笑，就紧紧的握住海盗的手，用兵士们所特有的衷情吻了他的女儿黑莲，在她的脸孔上留下一颗泪珠；这脸孔的骄傲的神色、男性的表情曾经好几次使他微笑过。海盗大受感动，就命他的孩子们过来让外祖父祝福。大家都用热情的眼色说了一声最后一次的再会。

"但愿你们永远快乐！"外祖父一边说，一边奋身走上甲板。

一个奇异的景象在海上等待着将军。圣费尔丁南号仿佛一堆草梗似的烧得不亦乐乎。忙于击沉西班牙双桅帆船的水手们看见在船上载有罗姆酒，奥特罗号船上也很多这种酒，所以他们就很快乐的在大海上点起一大碗五味酒。这些人在海上的万分单调的生活使他们乐于寻获一切可以兴奋生活的机会。所以，这种举动实在是一种可以加以原谅的娱乐。将军下船登上了六个强顽水手所驾驶的圣费尔丁南号的小艇，不知不觉的分心来看圣费尔丁南号的燃烧和靠在海盗身上的他的女儿，女婿和女儿两个人都站在奥特罗号的船尾上。他回想到已往的事情，看到了仿佛另外一个船帆的黑莲的轻飘的白色袍子，在这海洋上辨识这副美丽伟大的，可以控制一切，甚至于统治大海的脸孔，竟因为他那军人的疏忽的性格而忘记了他是在勇敢的葛麦斯的坟墓上行舟。一团浓烟宛如一块乌云似的在他头上飞翔，太阳的光芒这里那里的透射，投去了许多含有诗意的微光。这是第二重天，一个阴沉的穹苍，下面发亮着大烛台一般的火团，上面飞翔着天空的不可改变的碧绿的颜色，这天空因为暂时的对照，更显得一千倍的美丽。这浓烟的色泽是怪异的，一会儿黄色，一会儿金栗色，一会儿红色，一会儿黑色，若隐若现的混杂着，盖住了在下面闪灼爆裂的西班牙船。火焰哔哔啪啪的烧毁了绳索，好像在城里所有街道里飞奔的暴徒似的在船上跑走。罗姆酒产生了摇荡的蓝焰，仿佛海神倾倒下这愤怒的酒精，学着大学生在疯狂的欢宴里推动五味酒生出悦人的火焰似的。但是太阳的光线是最强的，他嫉妒这无耻的微光，好不容易才让人家从他的光辉里看到这火灾的颜色。这就好像是一张网、一条带子飞扬在他的火流中间似的。奥特罗号利用了可以突入新方向的一点儿风逃走了，仿佛一只飞虫在空中飞动似的左右摇摆的驶去。这只雄伟的帆船朝着南方兼程跑去，忽而避过了将军的眼睛，消失在右边笼罩水上浓烟的后面，忽而风流洒脱的露出船身飞逃而去。每一次黑莲可以看到父亲的时候，她都招展她的手绢，还给她的父亲致敬。一会儿，圣费尔丁南号沉没了，在水上生出一个又立刻被海洋消灭的沸腾的波动。这一情景于是就只留下一道和风吹动的云雾。奥特罗号已经驶远了；小艇近了陆地；云雾介乎这小艇和帆船之间。将军就是穿过这动荡的烟缝最后看到一次他的女儿。这简直是个富有预言性的景象！只有白色的手绢和袍子浮现在深灰色的背景上。帆船甚至于都在绿波蓝天间看不见了。黑莲只是一个眼力所看不到的“点”、一条分解了的雅致的“线”、一个天上的天使、一个思念、一个回忆了。

教 训

侯爵恢复了财产之后，就因痨病而亡。一八三三年，侯爵逝世之后几个月，侯爵夫人不得不带莫伊娜到毕莲尼[①]的海滨去。怪癖的孩子要去观看这些山岭的美景。等她重新回到海滨的时候，一幕可怕的景象就这样的发生了！

---

① Pyrēnēes，山，坐落于法西交界的地方。

“我的上帝，”莫伊娜说，“我们弄错了，我们不应该不在这些山里多住上几天！那里比这里好得多。您听见这该死的孩子继续不断的叹息和这不幸的女人的胡言乱语吗？她说的一定是土语，我连一句话也听不懂。人家怎么让这种人住在我们隔壁呢！昨天夜里简直是我一生最不好过的一夜。”

“我什么也没有听见，”侯爵夫人回答说，“可是，亲爱的孩子，我要看店家老板娘去，问她要隔壁的房子，那么，我们就可以单独占住这寓所，我们也不会再听到吵闹的声音了。你今天早上怎么样呢？你累了吗？”

说了这几句话，侯爵夫人就站了起来，走近莫伊娜床边。

“咱们瞧。”她一边说，一边寻找她的女儿的手。

“噢，让我去吧，妈妈，”莫伊娜回答说，“你手冷。”

说完这句话，年青的少女就用一个赌气的动作在她的枕头里翻转，但是她的姿势是这样柔媚的，一个母亲甚至于都不容易发怒。这时候，一阵呻吟的声音就在隔壁房子里荡漾着，这呻吟的深沉温和的声调可以裂碎一个女人的心肠。

“可是，要是你整夜里听见这个的话，你为什么不叫醒我呢？我们可以……”

一阵比任何其他吟声都更深沉的叹息打断了侯爵夫人的话，夫人不禁叫了起来：

“那里有人要死哩！”

她就兴奋的走了出去。

“给我叫保琳吧！”莫伊娜说，“我要穿衣服。”

侯爵夫人立刻下楼，在院子里找到了店家老板娘；几个人都围住女店家，好像很用心的听她说话似的。

“太太，您留在我们隔壁居住的人好像病的很重似的……”

“啊！别跟我谈这个问题了。”女店家喊道，“我刚派人去找市长。您想一想，她是一个女人、一个可怜的不幸的女人，昨天晚上步行到这里来的。她从西班牙来，既没有护照，也没有钱。她背上背着一个快要死去的孩子。我没有能够推辞不接纳她。今天清早，我亲身看她去；因为她昨天在这里上岸的时候真叫我悲痛。可怜的小妇人！她跟她的孩子睡在一起，两个人都快要死去……她从手指上脱下一只金戒指，对我说：'太太，我只有这个东西，您就拿去当我的房钱吧；这也就够了，我不会在这里住得太久。可怜的小宝宝，咱们一块儿死去吧！'说着她就瞧了瞧她的孩子；但是她总不肯告诉我她的姓名……我刚派人去找医生跟市长先生。"

"可是，"侯爵夫人喊道，"请您依照她的需要尽量帮助她。我的上帝！也许还来得及救她哩！我负责还清她所短您的一切的钱。"

"啊！太太，她的神情很骄傲，我不知道她到底愿意不愿意。"

"我去看她去。"

侯爵夫人一会儿就到这个陌生女人的房子里来，没有想到她的探望会使这个女人在人家说她即将死去的时刻里心生苦痛，因为她还戴孝。侯爵夫人看见临死的女人，不禁脸孔发青了。无论病痛如何改变了黑莲的美丽姿仪，她总认得出她的长女。

黑莲看见一个穿黑衣服的女人，就从床褥里坐起，发出了一声恐怖的喊叫；她看见这个女人就是她的母亲，又慢慢的躺下床去。

"我的女儿，"戴格曼夫人说，"您要什么呢？保琳！……莫伊娜！……"

"我什么也不要，"黑莲用软弱的声音回答说，"我只希望看到我的父亲，但是您的孝衣告诉我……"

她没有说完话，就把她的孩子紧紧的抱在胸口，好像要使他温暖似的，吻着他的额头，给她的母亲投去一道含有责难的眼色，虽然这责难已经因为宽恕而柔和了。侯爵夫人不愿意看见这责难；她忘记了黑莲当年是一个在眼泪和悲哀里怀孕的孩子、夫妇的责任而生的孩子、使她产生最大苦痛的孩子；她慢慢的走向她的长女，只回忆到黑莲是第一个使她认识母性快乐的女儿。母亲眼泪盈眶，吻着她的女儿，嘴里说道：

“黑莲，我的女儿……”

黑莲默然不语。她刚呼吸着她的最后一个孩子的最后一个叹息。

这时候，莫伊娜、她的随身女仆保琳、女店家和医生都进来了。侯爵夫人手里握着女儿的冰冷的手，用真切的悲痛瞧着她。海盗的妻子刚从海船遇险里死里逃生，只从她的美满家庭里救出了她的一个孩子，不幸的遭遇使她愤怒，她就用可怕的声音对她的母亲说：

“这一切的遭遇都是您的赏赐！要是您从前对我……”

“莫伊娜，您出去……你们都出去！”戴格曼夫人用自己的声响去压制黑莲的声音，喊道。“千谢万谢，我的女儿，”她接着说，“请您这时候不要提起从前的争斗……”

“我不说了。”黑莲用超自然的力量来抑制自己，回答说。“我已经是人家的母亲了，我知道莫伊娜不应当……她这孩子在哪儿呢？”

莫伊娜在好奇心的督促之下，进来了。

“姐姐，”这个放纵的孩子说，“医生……”

“一切都是没有用的！”黑莲接着说，“啊！为什么我在十六岁要自杀的时候没有死去了呢？幸福决不能够在爱的律则之外去寻找……莫伊娜……你……”

她倾下头，靠在她的孩子的头上，痉挛的抱住孩子，死去了。

“你姐姐的意思一定是对你说，莫伊娜，”戴格曼夫人泪流满面回到自己房里的时候，接着说，“一个女人绝不能够到浪漫的生活里、传统的思想之外，尤其是远离母亲的地方去寻找幸福。”

一八三一年正月

六、一个罪孽深重的母亲的晚境

赎 罪

一八四四年六月初旬，一个看来比年纪还要衰老的五十岁左右的贵妇，中午时分，在巴黎布吕麦街一所大公馆的花园里，朝着太阳沿着花径散步，绕了几圈曲径，在那里几次驻足去观看吸引她的整个注意力的一间寓所的窗户之后，她又走来坐在一张用带皮的树枝造成的半乡村式的靠椅上。贵妇可以从这标致的靠椅所在的地方，透过圈地的栏杆，看到废兵养老院的雄伟的屋顶周围的市中心马路（这黄金色的屋顶就屹立在万千屋盖的中央），优美的风景和她的花园所连接的圣日耳曼镇一所最美丽的公馆的灰色的正面楼。那里，所有的东西都是寂静的：邻居的花园、市中心的马路、废兵养老院；因为在这高贵的地区里，一直到中午才能够看到阳光。除了有什么偏好，除了一位年青贵妇不愿意骑马出游，或是一个老外交家没有什么文稿重拟之外，这时刻，仆人和主人，所有的人不是都睡着，就是都醒来。

这老贵妇就是戴格曼侯爵夫人，这美丽的公馆的主人圣埃冷夫人的母亲。侯爵夫人为她的女儿而节省，把所有的财产都送给了她的女儿，只留下一笔养老金。圣埃冷·莫伊娜伯爵夫人是戴格曼夫人的最后一个孩子。侯爵夫人为着把她嫁给一个法兰西世家的承继人，曾经牺牲了所有的东西。任何事情也不会比这更自然；她前后连续的丢了两个男儿：一个是戴格曼侯爵，古斯达夫，死于虎列拉；另外一个是阿伯尔，死在孔士坦丁[①]之前。古斯达夫留下几个孤儿和一个寡妇。但是戴格曼夫人对于她的两个儿子的感情本来就是很冷淡，她对她的孙子不屑说也就更薄情了。她对戴格曼少奶奶的态度是很多礼的，但是她的感情却只是浮面的，只是风俗习惯要我们对待亲属的一种外表的客套。

两位男儿的遗产完全清还过了，她给她的心爱的莫伊娜留有她的积蓄和她自己的私产。莫伊娜自幼就是美丽悦人的，她在戴格曼夫人看来总是家庭的母亲们无意中所偏爱的对象；这是外面看来不可解释而深刻的观察家懂得解说明白的不幸的同情心。

莫伊娜的柔媚的脸孔、这心爱的女儿的声调、她的举止、她的步伐、她的仪态、她的身段，她的一切都可以激奋、搅扰或蛊惑一位母亲的心。戴格曼夫人的现在、将来和过去的生活原则就是根源于这个年青女人的心，她曾把她的所有财宝都献给她的女儿。莫伊娜幸而是她的四个年纪较大的儿女丢了之后所留下的唯一的孩子。社会上的人都说戴格曼夫人曾经在非常不幸的情景下丢掉了一个不知去向的悦人的女儿和一个五岁时因为一个悲痛的惨剧而夭逝的小男孩。侯爵夫人一定认为命运对她的心爱女儿的敬重就是上天的预言，她只淡漠的回忆到已经被死神夺去的几个孩子，让他们的影像留在她的灵魂深处，好像战场上的坟墓被花木掩没了似的。

---

① Constantine是非洲阿尔及尔的一座城市。一八三七年为法军所攻克。

社会可能向侯爵夫人清算她这样的忘情、她这样的偏爱；但是巴黎的社会太关注于政局、时装和新思想，人家甚至于都忘记了戴格曼夫人的整个生活。谁也没有想到给她加上冷淡、忘情的罪名，因为这不会使任何人感觉兴趣，然而她对莫伊娜的热爱却引起了许多人的注目，却有偏见的一切尊严。何况侯爵夫人也很少到交际场里去，大部分认识她的家庭也都觉得她是良善的、温和的、虔敬的、宽大的，我们又何乐于到社会所满意的外表之外去观察实在的情形呢？正当老年人们即将如影一般的消逝、只要给人世留下一个回忆的时候，我们难道还不能原谅他们什么事情吗？

总之，戴格曼夫人是孩子们高兴对他们的父亲、女婿们喜欢对他们的岳母述说的典型人物。她先前已经把她的财产送给了莫伊娜，她满意伯爵夫人的幸福，她只为伯爵夫人、由伯爵夫人而活着。如果矜持的老年人或悲哀的叔伯责备这种行为说“戴格曼夫人总有一天要懊悔不该把她的财产都送给她的女儿，因为纵使她清楚知道圣埃冷夫人的心，她也能够担保女婿的品行吗？”的话，这也只是反对先知们的一种普通的怨语。到处的人都给莫伊娜下雨一般的堆来赞颂。

“圣埃冷夫人的母亲没有发现身边有什么变化，”一位年青的少妇说，“我们得给圣埃冷夫人这个公平的称赞。戴格曼夫人住得非常好，她有一辆车让她自由应用，可以跟从前一样到社会各地方去……”

“除了意大利戏院以外。”一个寄人篱下的老年人低声回答说，他是一位自信有权利讥讽朋友因而去证明自己的独立的人。“老太婆在放纵的女儿所不会的许多事情里，只喜欢音乐。她当年是个上等的音乐家呀！但是，因为伯爵夫人的包厢总有许多年青花蝴蝶，她会在那里会妨碍小姑娘，可怜的母亲就不到意大利戏院去了。您知道人家已经说过这个小姑娘是个大妖精呢。”

“圣埃冷夫人给她的母亲筹备非常有趣味的夜会，”一位将要结婚的少女说，“全巴黎的人都来出席的沙龙。”

“谁也不在那里注意到侯爵夫人的沙龙。”寄人篱下的老年人回答说。

“事实是，戴格曼夫人都有人陪着她。”一个拥戴年青贵妇的自负不凡的人物说。

“早上，”老观察家低声回答说，“早上，疼人的莫伊娜还在睡觉。下午四点钟，疼人的莫伊娜就到森林去。晚上，疼人的莫伊娜就到跳舞场或是步风戏院去……戴格曼夫人可以在她的女儿换衣服的时候或是疼人的莫伊娜偶然跟亲爱的母亲一块儿吃晚饭的时候看到女儿，这也是真的。还不到一星期之前，先生，”寄人篱下的老年人挽住一个新来的年青怯懦的教师的手臂，说，“我就看见这可怜的母亲一个人悲哀的待在火炉旁边。我问她：‘您怎么啦？’侯爵夫人就带笑的瞧着我，但是她可的确哭过。她对我说：‘我想生了五个孩子之后还是一个人孤孤单单的，这的确是太奇怪了。可是这是我们的命运啊！我知道莫伊娜欢娱的时候我就变成幸福的。’她能够信任我，因为我从前认识她的丈夫。他是个可怜的男人，然而他可真有福气娶了她；他在查理十世宫里所得到的世卿职位和他的差事都是他的太太的功劳。”

但是社会人士的谈论总有许多的错误，他们不免轻浮中伤人家，使记载风俗习惯的历史家不得不谨慎的衡量这些毫不用心的人所毫不用心说出的断语。总之，我们最好是永远也不判断到底是孩子或是母亲有道理。在这两颗心之中，只有一个可能的审判官。这审判官就是上帝！上帝往往在家庭里施行他的报复，他总利用孩子们去反对他们的母亲，利用父亲们去反对他们的儿女，利用民众去反对他们的国王，利用王公去反对他们的国家，利用一切去反对一切；他在精神世界里用情绪去代替情绪，就像春天的嫩芽代替冬天的枯叶似的，依据一个坚定不变的规律，按照只有他知道的目标进行。无疑的，每一个东西都走到他的怀里，或说得更对一点儿，都回到他的怀里去。

这些宗教的思想是老年人心里所自然产生的，他们就在戴格曼夫人的灵魂里凌乱的浮动着；他们就在那里半明半暗的、若隐若现的发展着，宛如狂风大作时水面翻转的树叶。她懒洋洋的坐着，因为长期的默思和梦幻而疲惫了。在这种梦幻里，整个的生命都在即将就木的人众眼前浮现着、流逝着。

在徘徊马路的诗人看来，这个未老先衰的老妇人其实是一张奇异的图像。大家看见她坐在中午的脆弱的槐树阴影下，都懂得许多记录在这苍白冰冷的脸孔上的故事之中的一个。（这脸孔在太阳的热火之下也是冰冷的。）她那富有表情的脸孔表现出一种比没落的生活还要严肃的成分、比一个经验丰富的灵魂还要深沉的性质。有一种人可以在万千被轻蔑的姿态中（因为他们没有品格）使您停留一些时刻，使您思想，她就是这种人；好像您在博物院的万千图画里看到穆里罗所描绘的代表母性苦痛的高雅头像，或是基德懂得在可怕的罪行背景里所画的动人的天真的琴楱·柏阿特里克斯的面像，或是维拉斯格懂得表现的感应王权的威严的腓力浦二世的阴沉的肖像时而受到的感动似的。人世中有某些人物，他们的脸孔是专横的，可以对您说话、向您质询、回答您的秘密的思想，甚至于结成几首完整的诗章。戴格曼夫人的冰冷的脸孔是一首可怕的诗章，是但丁的《神曲》里所有的成千面目之中的一个。

在昙花一现的黄金时代里，女人的丽质很能够保持她的脆弱的天性和我们的社会规律所要责难她的矫情。在她的新鲜脸孔的丰富的颜色下，在她的眼睛的火焰下，在她那充满曲直线条而纯洁清晰的雅致的脸纹下，她的一切感情都可以是秘密的，绯红的颜色不会再起来沾染已经这样鲜艳的颜色；所有内部的火热都和这充满生命烈火的目光混杂在一起，苦痛的、暂时的火焰只像是更多一个文雅的表情。所以，任何的东西都不能够跟一张年青的脸孔一样的神秘，因为任何的东西都不会比他更安详。少妇的脸孔就像是湖水一般的平静、光滑、新鲜。女人们三十岁的时候才有她们的仪态。一直到这年纪为止，画家都只能够在她们的脸孔上找到玫瑰的颜色、洁白的色泽、微笑和重复同样思想的表情、青春和爱情的思想、肤浅的划一的思想；但是老年的时候，女人身上的一切都可以说话，感情就嵌在脸孔上；她已经当过情人、当过妻子、当过母亲；苦乐的强烈的表情终于揉皱了她的脸孔，刻上成千的皱纹，代表一个语言；女人的脑袋就变成腻烦而高卓的、悲怆而美丽的、平静而威严的；如果我们还可以再用奇异的比喻来说的话，我们就可以说这干涸的湖水于是就让人家看到洪水给她留下的一切痕迹；一个老妇人的脑袋于是就不属于不敢从中观看一切习惯的漂亮思想的毁灭的社会，也不属于不能够从中发现任何东西的通俗的艺术家，而是属于真正的诗人，属于那些心里有个超脱艺术和美学的一切偏见而独立存在的情绪的人了。

虽然戴格曼夫人戴了一顶时髦的女帽，人们倒不难看出她从前的漆黑头发都已经受残酷的感情的损害而变成白色的了；但是她把它们分为两半的办法却显得她有高雅的趣味、漂亮的女人的温存的习惯，十分完美的描画出她的衰萎的皱额。这额头的形状还可以找到一些从前的光润痕迹。脸孔的侧面、脸纹的均匀使人家生出一个美丽的思想，虽然不如事实，但是这美丽却可以使她变成骄傲的；但是这些标识却更能表露她的苦痛，相当尖锐的苦痛，可以使她的脸孔深陷，使她的鬓角干枯，使她的面颊凹落，伤害她的眼皮，使她的眉毛脱落，损伤她的温文尔雅的目光。这女人身上的一切都是缄默的：她的步伐和她的动作都有令人起敬的严肃缓慢的、深沉的性质。她的谦逊渐渐变成了怯懦，仿佛是她几年来为着在她女儿面前自悔而有的习惯所生的结果。她很少说话，如果说话的话，也是很和蔼的，正如一切被迫去思索、去集中精神、去生活在自己心里的人似的。

这种态度、这种举止可以给人感应一种无名的情绪，既不是恐惧，也不是同情，然而却神秘的掺杂着唤醒各种情感的一切念头。总之，她的皱纹的性质、她的脸孔的柔和、她的含怨的苍白的眼色，一切的一切都证明她曾经吞过无数从来没有落在地下的眼泪。惯于仰望天空、回味生活的苦痛的不幸的人，很容易在这位母亲的眼睛里认出随时随刻祈求上帝的习惯、毁坏灵魂花朵和母爱情绪的隐痛的痕迹。画家们有许多颜色来描绘这些人像，但是思想和语言却没有力量来忠实的表现它们。在颜面的色调里、在脸孔的神气里，有许多灵魂一望而知的无从解释的现象；但是对于可怕的身姿的变动所加的叙述，却是拿来给诗人去解释的唯一的资料。

这脸孔表现一种平静冷淡的风波、母性苦痛的英雄主义和游移不定的情绪之间的秘密的斗争，这些情绪跟我们一样都是有限的，没有任何无限的成分。这些不断退缩的苦痛终究在这女人身上产生了我也不知道是哪一种的病态。无疑的，一些过分剧烈的感情曾经在身体上改变了这母爱的心肠；某种病症，也许是动脉瘤，曾经不知不觉的慢慢的威胁珠丽。真正的苦楚表面上好像在这苦流的河床里非常的平静，他们似乎都改变了，都像是在昏睡，然而都不断的破坏灵魂，犹如浸蚀水晶的可怕的硫酸！这时候，两颗泪珠流下了侯爵夫人的双颊，她就站了起来，好像有一道比任何其他的思索都更刺人的念头剧烈的伤害了她似的。她一定是猜到了莫伊娜的前途，预料到女儿将来将要受到的苦痛，她自身生活上的一切不幸又重新涌上了她的心头。

我们只要解释这个女儿的景况，也就可以明白这个母亲的情景了。

圣埃冷伯爵六个月之前离家去担负某种政治上的使命。在他出门的时期里，富有所有小情妇的虚荣心和娇养惯了的儿童偏好的莫伊娜就在女人的昏迷或娇冶的督促下，也许想要舞弄权力，自寻开心去跟一位自称陶醉于爱情而没有心灵的能干的男人玩耍。这种爱情是自负不凡的男子拿来阴谋获取一切社会上的雄心和虚荣的工具。戴格曼夫人的长期经验使她懂得认识人生、批判男人、怀疑社会，她观察到这阴谋的发展就预先感觉到她的女儿将要落在一个卑鄙的男人的手里而毁灭。发现莫伊娜快乐的倾听一个浪子，这在她难道不是一种可怕的事情吗？她的心爱的女儿可以说是身临深渊了。她确信有此结果，但是她却不敢阻止她的女儿，因为她在伯爵夫人面前发抖。她预先料到莫伊娜不会听从她的任何贤慧的警告；她对这个灵魂没有任何的权力，因为这灵魂对她是钻石心肠、对其他的人却是软如海绵。她的柔情使她注意一个配得上对方的高贵性质的爱情所有的不幸，然而她的女儿却顺从娇纵的举动；侯爵夫人轻蔑王地尼斯·阿尔弗礼德伯爵，她知道他是跟下棋似的来同莫伊娜讲爱情的。

虽然这位不幸的母亲厌恶王地尼斯·阿尔弗礼德，她却不得不把她的厌恶的最大的理由埋藏在她心里最深的地方。她和阿尔弗礼德的父亲王地尼斯侯爵有过密切的关系，这种交情是社会人士所尊敬的，使年青人有权利亲密的到圣埃冷夫人家里来，装着自幼就爱慕她的样子。戴格曼夫人就是决定要在女儿和阿尔弗礼德之间说出一句可以分离他们的话，她也认为这是不能成功的，虽然这句话非常有力量。这句话会使她在女儿眼里失去尊严。阿尔弗礼德太腐败，莫伊娜又太聪明，她不会相信母亲的启示，年青的伯爵夫人研究了这启示之后甚至于会认为是母亲的奸计。戴格曼夫人曾经亲手建筑过自己的地牢，她就把自己关在里面，在那里等待死亡，瞧着莫伊娜的美丽的生命的堕落；要知道这生命已经变成了她的光荣、她的幸福、她的安慰，比她自己的生命还要贵重一千倍的一条命。令人难以置信的、没有语言表达的、可怕的苦痛啊！无从测量的无底洞啊！

她不耐烦的等着女儿起床，但是她却对此有所恐惧，好像愿意一死了之，而一想到刽子手还要发冷的不幸的囚犯似的。侯爵夫人决定要做一次最后的努力；但是她却害怕她的心再来接受一个消磨勇气的创伤，而不是完全恐惧她的努力的失败。她的母爱已经到了这个地步：爱她的女儿，又怕她的女儿；想要举刀相向，又想走去逢迎。

钟情的心灵、母性的情绪也特别的丰富，所以在一个母亲走到毫不在意的地步之前，她就得依赖某个伟大的力量、宗教或爱情而死去。清早起床以来，侯爵夫人的凶恶的回忆已经好几次给她追溯这些事实，这些虽是表面上的琐事，却是精神生活的大事故。事实上，有的时候，一个姿势可以发展一篇悲剧，说话的声调可以撕破一条生命，冷漠的眼色可以杀害最幸福的感情。戴格曼夫人不幸看过太多这一类的姿势、听过太多这一类的语言、受过太多这种刺心的眼色，她的回忆不会使她生出希望。一切的一切都给她证明阿尔弗礼德已经把她消灭在她的女儿心里了；她虽然还存留在这颗心里，但是她，她这母亲，她却不是女儿所喜欢想念的，而是女儿责任上所不得不想到的。成千的事情，甚至于琐事都给她证明伯爵夫人对她所有的厌人的行为，侯爵夫人认为这是一种责罚的负恩的举动。她寻觅理由来宽恕她的女儿，认为这是上帝的旨意，因而还能够崇拜喜欢打击她的手。这一天早晨，她回想到一切，而一切也都重新刺伤她的心，她那充满哀怨的侧